IL PAGLIACCIO

e

IL CASTELLO DI GHIACCIO

di

Eleanor Lian

Il Pagliaccio e il Castello di Ghiaccio

di Eleanor Lian

prima edizione: dicembre 2024

Copertina e illustrazione di Michael Harrington

ROBERTO CALVO PRODUCTIONS LTD

71-75, Shelton Street, Covent Garden, London

WC2H 9JQ, UNITED KINGDOM

info@robertocalvoproductions.com

www.robertocalvoproductions.com

Sii perseverante come chi dura eterno.

Le tue ombre vivono e svaniscono, ciò che in te vivrà per sempre, ciò che in te conosce perché è la conoscenza stessa, non è della vita fuggevole.

È l'uomo che era, che è, e che sarà, l'ora del quale non suonerà mai.

HELENA BLAVATSKY

A quella me di cinque anni che,

seduta al tavolo della cucina dei nonni,

ha immaginato questa storia...

PREFAZIONE

Cos'è la Fantasia?

Beh, bella domanda. Non saprei rispondere, o forse avrei bisogno di tanto di quello spazio tra i fogli di un libro come questo, che in pratica andrei a scriverne uno dentro un altro.

Allora ho un' idea migliore: posso senz'altro affermare che esista qualcuno, una persona in carne e ossa, che rappresenti l'incarnazione del concetto di Fantasia in questa dimensione terrestre; il suo nome è Eleanor Lian: un autentico concentrato di sorprese, emozioni e tanta, tantissima fantasia.

Questo è il primo di una serie di progetti editoriali che ho l'onore di produrre e presentarvi, cari lettori; un concentrato di avventura, passione, emozioni... in una sola parola, appunto: Fantasia.

Tutto questo è Eleanor Lian. Auguro a ognuno di voi di potervi immergere in questa originalissima sua storia e assaporarne ogni più piccola sfumatura.

Entrate nel suo mondo, non ve ne pentirete.

L'editore

Roberto Calvo

CAPITOLO 1

La Regina Eloise sentiva il fuoco dell'impazienza arderle nel petto. I sogni di quella notte erano stati forieri di un'idea luminosa e, adesso, non vedeva l'ora di condividerla con il suo bambino e col Re, suo marito.

Attenta a non far rumore, entrò nella stanza del piccolo George, scavalcò i giocattoli sparsi ovunque sul pavimento e, come ogni mattina, si affrettò a rispondere al vivace cinguettio del passerotto Picchi che attendeva la sua colazione fuori dal davanzale.

«Buongiorno! Anche tu irrequieto come me oggi, eh?» gli disse sorridente aprendo le spesse tende di broccato e spalancando le imposte. «Ecco, questi sono per te.»

Mentre gli versava una generosa manciata di semini, l'uccellino le volò brioso intorno, per poi posarsi e iniziare il suo banchetto.

Dopo averlo osservato per un po', Eloise si volse verso il letto e si soffermò a guardare il viso del figlio, ormai illuminato dal sole. Com'era bello il suo principino, con quelle labbra che sembravano petali di rosa, l'incarnato chiaro e i meravigliosi boccoli color dell'ebano!

La copia esatta del padre, l'uomo che l'aveva fatta innamorare così perdutamente di sé ormai nove anni prima.

Con tenerezza infinita gli si sedette vicino e, dopo avergli dato una delicata carezza sulla guancia, lo chiamò.

«Amore... ehi, George... sveglia...»

«Uhmmm... fammi dormire ancora un po', mamma...» mugolò poco collaborativo.

«Ancora un po'? ... Il sole è alto! Forza, alzati!»

«Uhmmm... nooooo...»

«Scommettiamo che so come farti svegliare?»

Eloise si esibì nel suo miglior solletico e il bambino scoppiò a ridere.

La risata del piccolo era così contagiosa che ben presto anche lei non riuscì a trattenersi e, d'improvviso, lui si mise seduto e la strinse in un abbraccio.

«Buongiorno mamma!»

«Buongiorno tesoro! Questa notte mi è venuta un'idea splendida e non vedo l'ora di dirla a te e a papà!»

«Cos'è, cos'è?» chiese subito lui con gli occhi spalancati per la curiosità.

«Un attimo di pazienza e lo saprai! Scendiamo!»

«Sì!»

Il bambino saltò giù dal letto, afferrò Ciùciù, il suo pupazzo preferito a forma di pagliaccio, strinse forte la mano della sua mamma e si mise a correre, trascinandola fuori dalla stanza.

Nella grande sala adibita ai pasti della famiglia reale, Re Alexander era già seduto per la colazione in attesa dell'arrivo della sua famiglia.

«Papà, papà!»

Le urla gaie del piccolo ciclone si sentivano provenire già dall'esterno e il Re si preparò ad accoglierlo.

Entrando, George lasciò la mano della madre per correre verso di lui.

Il giovane sovrano, pronto, lo prese in braccio, lo lanciò in aria e, infine, lo afferrò al volo!

Divertito, il piccolo rideva come un matto.

«Eccolo il mio bambino, buongiorno!» gli disse tenendolo stretto, e raggiungendo allo stesso tempo la moglie per porle un tenero bacio sulle labbra.

«Lo sai Papà? La Mamma ha detto che deve dirci una cosa!!!» annunciò George con entusiasmo.

Il Re la guardò curioso.

Eloise sorrise.

«Sediamoci, così ve ne posso parlare con calma.»

Obbedienti, il Re e il Principe presero posto, per poi guardarla carichi di attesa.

«Ecco, si tratta di questo... Tra non molto ci sarà il sesto compleanno di George e arriverà anche il Carnevale... quindi, pensavo: perché non facciamo un'unica, grande festa? Potremmo organizzare tutto qui al castello! Cosa ne pensi Alexander? E a te, George, piacerebbe unire le due cose?»

«Siiiiiii!!! Si, sì, sì, sarebbe bellissimo, sì! Ti prego Papà, dì di sì!!! Dì di sì!!!» urlò il bambino, speranzoso ed esagitato.

«Uhm... non lo so...»

«E dai Papà, ti prego... e poi non è solo il mio compleanno, il Carnevale piace a tutti!»

Alexander osservò il figlio; era così simile a lui quando si metteva in testa una cosa...

«Dici?» gli chiese, ammiccando verso la moglie che, conoscendolo bene, stava per scoppiare a ridere.

«Uhm. Me lo dice sempre anche Ciùciù!»

«Uhm... in effetti, sì, tu e Ciùciù potreste aver ragione...» rispose lui facendo finta di essere ancora pensieroso.

Il figlio continuò a guardarlo colmo di aspettativa, finché...

«Sì, mi hai convinto» affermò.

«Sìììììì!!!» urlò il bambino al colmo della gioia mettendosi a saltare in giro per la stanza, sventolando Ciùciù in ogni dove e fantasticando sulla maschera che avrebbe indossato.

«Trovo che sia veramente una buona idea, Eloise» valutò Alexander. «In questo periodo in particolare, darà un nuovo slancio alla gente di Iontach. Dopo colazione, parlane con Jacqueline; se vogliamo realizzare la tua idea, non manca poi molto al compleanno di George.»

«Lo farò questa mattina stessa, adesso mangiamo. A tavola!»

Dopo colazione, Eloise non perse tempo e convocò la Governante.

Jacqueline si entusiasmò all'idea della Regina e si misero subito al lavoro.

Dalla realizzazione degli inviti alla loro spedizione a tutti gli abitanti del Principato, dalla creazione di costumi dalle fogge originali e colorate per tutti, all'allestimento del castello, fino al reclutamento dell'orchestra della cittadina e alla scelta del rinfresco e della torta di compleanno per George, non trascurarono nemmeno un dettaglio.

Eloise decise persino di far abbellire ogni aiuola del parco con tanti dolciumi, in modo da rendere ancora più golosa la festa in vista dell'arrivo dei tanti, tantissimi bambini del Regno.

Scelse di affidare quel compito ad Adèl, la figlia di Jaqueline.

«Siete sicura che sarà in grado?» si preoccupò la madre.

«Oh sì, quella ragazzina è un vero portento, farà un lavoro straordinario! E con l'aiuto del buon Fred, il successo è garantito! Provvederò oggi stesso a fargli arrivare tutti gli ingredienti più rari e pregiati. Desidero che questa festa sia memorabile!»

«Lo sarà, ne sono certa mia Regina... Ah, a proposito, per il Principe che vestito facciamo realizzare dalle sarte?»

«Nessuno, a George penso io. Vorrei mascherarlo come il suo pupazzo preferito... ma non dirgli niente, voglio che sia una sorpresa!»

I preparativi coinvolsero e impegnarono ogni abitante del castello.

Erano tutti determinati affinché la festa riuscisse nel migliore dei modi e si davano un gran da fare per eseguire al meglio tutte le indicazioni impartite dalla Regina e dalla Governante.

Era così grande l'entusiasmo che anche i bambini si misero ad aiutare, coinvolgendo tutti con la loro allegria.

Le risate riecheggiavano ovunque e, quelle di Eloise e di George in particolare riempivano l'aria.

In poco tempo, il maniero era diventato uno sfavillio di fiori, colori ed eccitazione... fin troppo! Tanto che, per contenere la foga del principino e del piccolo Simon, il suo miglior amico, Jacqueline dovette un bel giorno allontanarli inventando una scusa.

«No, no, no e poi no, mamma!» si lamentò Adèl. «Se vengono con me dal fornaio mi faranno diventare matta, si mangeranno un sacco di dolci, me ne faranno cadere altri e io non riuscirò a tornare per tempo! E ho ancora un sacco di cose da fare!»

Jacqueline la prese per le spalle con dolcezza.

«Ti prego Adèl... per favore... Poco fa hanno quasi fatto cadere la sarta dalle scale, permetti anche a noi di avere un po' di tregua...»

La figlia la guardò negli occhi e cedette.

«Oh, e va bene!» bofonchiò.

A quel punto cercò con lo sguardo i bambini. «Eccoli lì...» sospirò.

Erano presi a giocare con due spade finte in mezzo alle scale.

Fece un bel respiro e...

«Pirati, a rapporto!» urlò raggiungendoli. «Dobbiamo svolgere un *importante incarico ufficiale* per il Capo Corsaro! Siete con me?»

«Agli ordini!!!» urlarono i due bambini, entusiasti, sventolando per aria le loro armi.

«Bene! Ciurma, andiamo!» proclamò Adèl.

Impettita, afferrò veloce le due spade e le alzò a sua volta in aria, prima di iniziare a marciare seguita a passo spedito dai due.

Al primo cespuglio vi abbandonò le armi e, tenendo i bambini per mano, si avviò con loro a compiere *la missione.*

Anche al paese, così come al castello, c'era grande attesa per l'imminente evento.

Ovunque, per le strade e lungo i vicoli, gli schiamazzi gioiosi delle donne e dei bambini riempivano l'aria. Non c'era mamma che non si domandasse quale vestito preparare al proprio bambino, né bambini che pregustando i giochi e le leccornie della grande festa, non giocassero per la via inventando avventure meravigliose!

Non fu facile per George e Simon resistere alla tentazione di buttarsi con gli altri nella mischia, ma bastò che Adel ricordasse loro *la missione*, affinché da buoni pirati si calassero totalmente nel ruolo e rientrassero nei ranghi.

Finalmente, arrivarono a destinazione!

La bottega di Fred il fornaio, un uomo panciuto, sempre sorridente e di buon cuore, profumava come ogni mattina di pane appena sfornato e di pasticcini di ogni genere.

«Buongiorno, Mastro Fred!» disse Adèl facendo tintinnare il campanello d'entrata. «Sono arrivata!»

«Vedo! E vedo anche che hai portato con te due giovani e vigorosi aiutanti!»

«Siamo pirati!» annunciò con orgoglio George.

«Proprio così Mastro Fred! Siamo qui per proteggere i tuoi affari!» gli diede man forte Simon.

«Oh... che onore! Allora dovrò proprio ricompensarvi come si deve... Ho casualmente appena finito di preparare queste paste con la panna... Che ne dite, vi andrebbero?»

Fred tirò fuori da dietro il bancone un piatto con tre paste giganti così belle e profumate che, non appena i bambini le videro, sgranarono gli occhi dal desiderio. La stessa Adèl si sentì venire l'acquolina in bocca.

«Grazie Mastro Fred, forse non è il caso...» disse la ragazzina.

«Oh sì che lo è!» dichiarò George afferrando una delle paste e affondandoci dentro il naso. «È proprio buona!» dichiarò, tirando su il viso tutto sporco di panna.

Adèl e il fornaio scoppiarono a ridere, mentre Simon seguiva l'esempio dell'amico.

«Hai ragione, è buonissima!!!» ripeté a sua volta con la bocca piena.

«Molto bene! Allora, mentre io vi preparo i dolci per la festa, approfittatene e gustatevele. Anche tu Adèl, non servono complimenti con me.»

La ragazzina ringraziò l'uomo con un cenno del capo e, senza più esitare, si lasciò avvolgere dal sapore intenso e delicato del dolce.

Quando, al loro rientro, arrivarono nel parco carichi di pasticcini e dolcetti di ogni tipo, Adèl si adoperò subito per coinvolgere tutti i bambini presenti nel compito che le era stato affidato.

Nel giro di qualche ora, ogni cespuglio era diventato un tripudio di dolcetti di marzapane, caramelle, bastoncini di frutta caramellati, pezzi di torrone croccante e golosità di ogni genere!

Persino gli animaletti del parco erano incuriositi nell'osservare quello che stava accadendo; in particolare, due paia di vividi occhi azzurri, che brillavano nascosti dietro a una siepe...

CAPITOLO 2

Arrivò, infine, il giorno della festa.

Eloise, avvolta in un sontuoso abito di voile che risaltava il suo incarnato chiaro, i capelli color dell'oro e il profondo blu mare dei suoi occhi, apparve davanti al marito, incantandolo.

«Ho sposato la donna più bella del regno, oggi mi invidieranno tutti» le disse prendendola tra le braccia.

«Devi proprio andare anche oggi a controllare i campi?» gli chiese leggermente imbronciata.

Sapeva bene quanto lui avesse a cuore le terre e il popolo; tuttavia, quel giorno era così speciale che avrebbe voluto passare ogni singolo istante al suo fianco.

Alexander la guardò con quello sguardo che lei tanto amava e la cinse ancora più forte.

«Arriverò in tempo, te lo prometto.»

Eloise sentì il cuore battere all'impazzata, le guance imporporarsi come ogni volta che lui la teneva stretta a sé.

Alexander poggiò le labbra sulle sue, avvolgendola in un bacio delicato e pieno d'amore.

Fu George a interrompere quel momento magico.

«Mamma, papà! Cosa fate? Ci dobbiamo preparare!» esclamò entrando eccitato nella camera dei genitori.

Subito si accorse che il suo papà non indossava il costume ma la divisa ufficiale con cui si muoveva per il Regno. Non gli sembrò affatto una buona cosa!

«Papà...» aggiunse così, sospettoso. «Verrai alla festa, vero?»

Il padre, sorridendo, lo prese in braccio.

«Ma certo, non ti preoccupare! Ci vuole ancora un bel po' prima che inizi, rientrerò per tempo. E poi non potrei mai mancare! Avete fatto un tale mistero sul tuo costume, che non vedo l'ora di vederti!»

«Davvero papà?!»

«Sicuro! Forza, vatti a preparare!»

«Sì George, vai in camera, ti raggiungo subito» aggiunse Eloise.

Il bambino annuì felice e corse via.

Non appena fu fuori dalla loro portata, Alexander abbracciò ancora una volta la moglie, poi si congedò.

Dopo aver posizionato sulla testa del figlio un cappellino dalle mille sfumature, Eloise si staccò da lui per ammirarlo.

«Che meraviglia! Sono sicura che sarai la maschera più bella di tutte!»

«Dici sul serio mamma?» chiese lui raggiante.

«Oh, sì. Vieni a vedere!»

La madre lo condusse davanti al grande specchio della sua camera.

«Ma... sono la copia di Ciùciù!!!» esclamò ammirato, guardandosi.

Eh già, era esattamente la sua copia! La sua mamma lo aveva vestito da pagliaccio, con capelli a boccoli multicolore sovrastati da un copricapo che ne riprendeva le varie tonalità, il nasino dipinto di rosso, gli occhi cerchiati di giallo tempestato di brillantini dorati e le labbra arancioni, un bel cravattino dello stesso colore in tinta a sua volta con i larghi pantaloni, una camicia verde acceso e una bella giacca, metà verde, metà arancione, con pois di tutti i colori.

«Che bel costume mamma, mi piace proprio!!!»

George corse a raccogliere Ciùciù, abbandonato sul pavimento; lo portò davanti allo specchio e si soffermò ad ammirare ogni singolo dettaglio, giocando a far prendere al giocattolo posizioni sempre diverse che poi lui stesso cercava di replicare.

«Sono bravo, mamma?»

«Bravissimo! Ci provo anche io!»

Eloise mimò una delle difficili posizioni del pupazzo ma perse l'equilibrio e, cadendo per terra, scoppiò in una fragorosa risata.

«Non sono affatto brava come te!»

Anche George scoppiò a ridere. Contento come mai, la abbracciò stretta.

«Mamma, scendiamo! Papà dovrebbe essere arrivato ormai, voglio farmi vedere da lui!»

«Ma così gli roviniamo la sorpresa, sai che voleva vederti prima di chiunque altro!... Facciamo così: vado a cercarlo e lo faccio venire qui, così scendiamo tutti e tre insieme. Che cosa ne dici?»

«Va bene mamma, fate presto però!»

«Ma certo amore, arriviamo subito.»

Eloise si soffermò a osservarlo.

«Dammi un bacio piccolo mio, ancora un bacio!» disse schioccandogliene uno sulla guancia. Poi, di corsa e gioiosa, prese la via delle scale.

George, paziente, prese in braccio Ciùciù e si sedette sul letto, in obbediente ma trepida attesa.

Nel grande parco, tutto era un tripudio di risate, suoni e colori.

La numerosa orchestra aveva già iniziato a esibirsi e fiumi di persone si stavano radunando da ogni parte del Principato.

I bambini correvano vivaci in ogni dove e, nonostante i genitori si affannassero a raccomandar loro di aspettare almeno l'arrivo del Re, si davano un gran daffare a raccogliere e a divorare le prelibatezze appese tra le siepi!

La Regina, uscita dal portone, si imbatté nella sua migliore amica, Anne.

La giovane, dalla bellezza delicata e i boccoli neri che risaltavano i suoi profondi occhi color del miele, era in evidente stato di gravidanza.

«La tua musica preferita!» esclamò Anne alle prime note della nuova canzone suonata dall'orchestra.

«Sì, la stessa di quando eravamo bambine! Ho chiesto che la suonassero appositamente per noi due. Balliamo!»

Eloise prese per mano Anne e la trascinò in una danza improvvisata. Nonostante fosse molto divertita, la sua amica si affannò subito.

«Ah, basta per carità, non reggo un passo di più» esclamò ansimando.

Premurosa, Eloise la fece sedere su una sedia, poi le accarezzò il pancione.

«Inizia a farsi sentire eh? George era pesante come un macigno...»

«E anche la mia piccolina non scherza; sapessi come scalcia! La senti?» le chiese Anne, poggiandole una mano sulla propria pancia.

«Eccome! ... Ciao Thalìa!»

«Thalìa? ...»

«Sì, Thalìa... non credi anche tu che sia un nome meraviglioso? Ho finito pochi giorni fa di leggere un libro che aveva come protagonista un'eroina con quel nome e me ne sono innamorata! Pensaci, può essere un'idea!»

«Thalìa...» ripeté tra sé e sé Anne. «In effetti è proprio bello.»

Eloise avvicinò il volto alla sua pancia.

«Ti ho portato un regalo mia futura nipotina, lo sai?» le sussurrò, tirando fuori dalla tasca del vestito un pacchetto ben infiocchettato.

«Un regalo Eloise? Adesso? Ma è presto, mancano ancora tre mesi! Glielo potrai dare appena nascerà.»

«La fai semplice tu. Ma se nascesse prima, magari nel cuore della notte, e io non fossi al tuo fianco in quel momento? No, no, voglio che possa vederlo appena apre gli occhi. Sarà in assoluto il suo primo regalo!»

«Va bene, se la metti così... d'accordo! Ma ti assicuro che se mai deciderà di nascere in piena notte, sarai la prima che butterò giù dal letto!»

«Ci conto!»

In quel momento Eloise si accorse dell'arrivo di Alexander.

«Oh, eccolo! Perdonami Anne, ti raggiungo più tardi!»

La Regina, come sempre del tutto incurante dell'etichetta, si lanciò correndo verso il marito che, proprio in quel momento, stava uscendo dal bosco al trotto e si dirigeva verso gli ospiti.

«Amore! Vieni, presto! George è uno splendore, non vede l'ora di farti vedere il suo costume!» gli urlò.

«Arrivo!» rispose lui di rimando, aumentando di un poco l'andatura e avvicinandosi sempre di più.

Erano quasi l'uno di fronte all'altra, quando un serpente uscì da dietro un masso sbarrando la strada al cavallo!

Terrorizzato, l'animale si imbizzarrì e si mise a sgroppare come un pazzo, attirando a sé l'attenzione dei presenti che strillarono allarmati.

Le urla contribuirono ad agitarlo ancora di più, finché non divenne indomabile.

Era così fuori di sé, che Alexander non riuscì a fare nulla per trattenerlo né per calmarlo. In pochi istanti, perse qualunque punto di appoggio e cadde.

Nella caduta rovinosa, la sua testa sbatté con violenza contro un sasso appuntito che spuntava dal terreno.

Morì sul colpo.

Ma il cavallo non si fermò.

Libero dal cavaliere, continuò la sua dissennata corsa e investì in pieno Eloise, calpestandole la testa con uno zoccolo.

In un urlo soffocato, anche lei morì.

La folla e l'intera orchestra ammutolirono per un attimo, prima di esplodere in grida di terrore e disperazione.

CAPITOLO 3

George, attirato dalle urla, lasciò Ciùciù sul letto e corse ad affacciarsi alla finestra.

Fuori era tutto un trambusto di gente visibilmente turbata. Tra gli adulti c'era chi, sconvolto, sembrava osservare immobile un punto, chi correva senza una reale direzione, chi cercava lo sguardo degli altri; poi c'erano i bambini, alcuni fermi nell'incapacità di realizzare cosa fosse successo, altri in lacrime.

Il piccolo si sentì stringere lo stomaco dalla paura e si precipitò fuori, chiamando a gran voce la sua mamma e il suo papà.

Quando uscì, gli sguardi smarriti delle persone gli confermarono che doveva essere successo qualcosa di veramente terribile.

La sua attenzione venne catturata da degli uomini che si trovavano ai piedi della fontana raffigurante i precedenti sovrani di Iontach.

Sembravano concentrati su qualcosa che, da quella distanza, lui non riusciva a vedere.

Si guardò intorno e si accorse che pressoché tutti gli altri presenti avevano gli occhi puntati nello stesso punto. Così, si avvicinò.

Jacqueline, non appena lo vide, lo raggiunse a grandi passi e lo prese delicatamente per le spalle.

«Principe... Principe George, andiamo. Venite con me, non c'è niente di importante da vedere laggiù» gli disse con voce tremante.

Il bambino, girando distrattamente la testa verso di lei, si accorse che le scarpe della madre, per qualche motivo che non riusciva a comprendere, spuntavano tra le gambe degli uomini che voleva raggiungere.

«Mamma...» mormorò.

Batteva forte il cuore, veloce, sempre più veloce. E il mondo intorno a lui sembrava diventato ovattato e silenzioso.

Ma il tocco fermo della donna lo fece tornare in sé.

Con un gesto secco della mano si divincolò e, come in trance, corse verso le scarpe.

«Mamma! Mammaaaaaaaaaaaaaaaa!!!» urlò.

Si intrufolò con forza in mezzo agli uomini ... e la vide: riversa a terra, immobile, il sangue che le colava dalla testa, gli occhi chiusi.

Le si lanciò addosso, scuotendola.

«Mamma!... Mamma, perché non ti svegli? Guardami mamma, sono io. Sono George. Svegliati mamma, ti prego, svegliati! ... Mamma!» urlò tra le lacrime.

«Non c'è più niente da fare piccolo... vieni con me» gli disse uno dei presenti, cercando di allontanarlo.

George lo fissò con occhi disperati, sgranati, folli; il volto da pagliaccio, dipinto con tanta cura da Eloise, ormai ridotto a una maschera di colore.

«Perché non si sveglia? Perché!!!» urlò.

In quel momento vide anche suo padre.

Colto da un'ondata di rabbia impetuosa, il bimbo si scagliò contro gli uomini che lo circondavano, tentando di prenderli tutti a pugni.

«Cosa gli avete fatto? Siete cattivi, cattivi! Lui vi voleva bene, vi ha sempre trattato bene! E anche la mia mamma! Perché? Perché non si muovono? Perché?!?»

Non gli importava della risposta, di cosa fosse successo, della verità: la sua mamma non c'era più; che anche il suo papà...

Smise di colpire a caso e corse da lui.

La gente guardava la scena impotente e avvilita, incapace di pensare a cosa fare.

«Papà... anche tu no, papà... papà... papà! ... Muoviti papà! Papààààà!!!»

Si buttò sul padre come aveva fatto con la madre, i singhiozzi che uscivano ininterrotti, le lacrime che inondavano il suo visino, il cuore ... completamente in frantumi.

Jacqueline, aiutata da Adèl, preparò due giacigli d'erba su cui adagiare i corpi di Alexander ed Eloise, in modo che potessero stare vicini; gli uomini ve li sistemarono e George, inconsolabile, vi si accasciò sopra.

Anne e il marito Louis gli si avvicinarono, e lei tentò di consolarlo.

Inutilmente.

George le si rivoltò contro.

«Lasciami in pace!» urlò dandole uno spintone che la fece cadere.

«Anne!»

Louis, preoccupato, la soccorse.

Mentre Anne, aiutata dal marito, si rialzava a fatica, George sentiva di voler stare da solo.

«George...» provò a dire Anne, guardandolo con gli occhi colmi di lacrime.

In quel momento, il bambino realizzò che tutte quelle persone lo stavano guardando e che nessuno era ancora andato via.

«Via!!! Andate via di qui!!! Assassini! Assassini! Andate viaaaaaaa!!!» gridò fuori di sé.

I presenti, vedendo quel piccino così disperato e solo, si scambiarono sguardi impotenti, sentendosi completamente inutili.

Mentre gli ospiti si avviavano e la servitù rientrava negli alloggi per rispettare il volere del principino, anche il sole si nascose tra le nubi.

Il piccolo George, in piedi davanti ai corpi dei suoi genitori, si sentiva inerme.

Non riusciva a fare nulla, se non a pensare che non avrebbe mai più sentito la voce e la risata cristallina della sua mamma, né quella profonda del suo papà; che non avrebbe mai più potuto confidarsi con loro, cavalcare con loro, giocare con loro o rifugiarsi nel loro abbraccio.

Lo avevano lasciato da solo.

Forse è colpa mia, forse non sono stato abbastanza bravo e il Cielo ha voluto punirmi... pensava.

In qualche modo, si rendeva conto di non poter fare altro se non guardarli. Così stava fermo come loro, una piccola statua stagliata a fronteggiare i refoli di vento che iniziavano a spirare nell'avvicinarsi della sera.

Da dietro le finestre del castello, i suoi abitanti lo osservavano preoccupati.

La perdita improvvisa dei due sovrani aveva lasciato un senso di mancanza incolmabile.

Alexander ed Eloise erano sempre stati buoni e generosi con tutti e avevano sempre creato abbondanza per il loro regno. Adesso, con nessun altro nella linea di successione e un sovrano così piccolo, si prospettavano tempi duri... ma, in quel momento, tutto questo poteva aspettare.

Ciò che angustiava davvero gli abitanti del castello era vedere quel piccino, che aveva appena compiuto sei anni, in quelle condizioni.

Qualcuno diceva che non potevano lasciarlo lì, che avrebbero dovuto prenderlo di peso e portarlo dentro, qualunque cosa avesse detto, fatto o urlato. Ma Jacqueline non voleva.

Era come un secondo figlio per lei. Lo conosceva bene e sapeva che forzarlo non lo avrebbe aiutato. Così, da una delle finestre della cucina, lo guardava e aspettava.

Scese la notte.

Mentre la cuoca preparava una zuppa calda, Jacqueline e Adèl se ne stavano sedute al tavolo della cucina.

Anche Jacqueline sembrava essersi spenta, mentre fissava le proprie mani senza vederle.

«Mamma...» le disse a un certo punto la figlia. «Adesso che il Re e la Regina non ci sono più, dobbiamo reagire! Dobbiamo essere forti, per noi e per George. Guarda... è ancora lì.»

Adèl si alzò e si avvicinò di nuovo alla finestra.

Il giovane principe era sempre fermo nella stessa posizione.

«È pronto. Vuoi portare un po' di zuppa al bambino, Adèl?» le chiese la cuoca.

Lei le si avvicinò grata.

«Certo. Dammene una bella ciotola, Susanne, ti prego.»

Guidata dallo sguardo della cuoca e di sua madre, che la osservavano dalla finestra, la ragazzina si avvicinò a George con la zuppa e un mantello pesante.

«È molto tardi, non hai fame? ...»

Silenzio.

Lui non diede alcun segno di sentirla.

Adèl appoggiò il piatto su un sasso, poi prese il mantello e, aprendolo, lo posò sulle spalle del bambino.

«Ecco, almeno non prenderai freddo.»

Ma lui, con un gesto secco, lo fece cadere a terra.

Adèl, smarrita, guardò verso la finestra in cerca di consiglio, ma entrambe le donne scossero la testa tristemente, facendole cenno di rientrare.

Con gli occhi lucidi, Adèl annuì.

«Non sei solo, George. Io ci sono, ci saremo sempre tutti per te... Sappi che nessuno ha ucciso la tua mamma e il tuo papà; è stato un terribile incidente. Rientra appena puoi, va bene?» gli sussurrò, facendogli una leggera carezza sulla testa.

Poi rientrò.

George non si mosse.

La notte passò senza che il bambino facesse il minimo movimento finché, all'alba, cadde sulle ginocchia e iniziò ad accarezzare i suoi genitori.

«Siete freddi... tanto freddi...» mormorò, scoppiando in un pianto disperato.

Accadde in quel momento.

Una corrente d'aria così violenta da trasformarsi in un tornado, lo sollevò allontanandolo da loro.

George, in preda al panico, si mise a urlare e a chiamare senza sosta.

«Mammaaaaa!!! Papààààààààà!!!»

Cercò di opporsi con tutte le sue forze alla corrente, ma era inutile, era davvero troppo potente perché il suo corpicino potesse averne ragione.

Jacqueline e la cuoca, attirate dalle urla, corsero fuori dalla cucina.

«Che diavoleria è mai questa?!» esclamò la cuoca, osservando la scena a bocca aperta.

«Scendi giù!!!» gridò Jacqueline spaventata.

George era così scioccato da non riuscire nemmeno a sentirla.

La corrente vorticante che lo stava sostenendo si riempì di neve e divenne una vera e propria tormenta.

Questa si divise in un'altra raffica, dalla potenza inimmaginabile, che avanzò in direzione delle due donne, avvolgendole e tramutandole in due statue di ghiaccio.

Ma non si fermò e continuò la sua corsa, attraversando e ricoprendo per intero l'interno e l'esterno del castello, con tutti i suoi abitanti, il parco e il bosco circostanti.

Tutto divenne ghiacciato e innevato, dalla vegetazione alle persone.

Solo gli animali vennero risparmiati.

La corrente si spostò infine sui due sovrani, avvolgendo i loro corpi in una cupola trasparente e ghiacciata.

Mentre questo accadeva, anche il piccolo George, ancora vestito da pagliaccio, venne ricoperto dal ghiaccio, che diventò per lui come una nuova pelle. Solo dopo che la trasformazione fu conclusa, il bambino venne di nuovo appoggiato a terra.

George era incredulo.

Vedendo che il proprio corpo era interamente ricoperto dal ghiaccio, provò a muoversi, timoroso di essere diventato una statua e di non riuscire a farlo. Con suo grande stupore, tuttavia, scoprì di esserne perfettamente in grado.

«Perché non ho freddo? ...» si chiese perplesso.

Non aveva una risposta ma, in fondo, non gli importava.

Si girò e si accorse con sgomento che i corpi di Jaqueline e della cuoca erano stati tramutati in statue!

Attonito, corse loro incontro, le osservò e le toccò.

Forse anche loro potevano muoversi come lui!

Ma si accorse ben presto che non era così.

Gli sguardi atterriti, le due donne sembravano davvero essere state scolpite da quel freddo elemento.

Un pensiero carico di terrore lo attraversò: se loro erano state trasformate in statue, allora anche... no, non era possibile, anche lei no!

«Adèèèèèèèllllllllll!!!» urlò, scapicollandosi dentro alla cucina.

Nel sottostante paese di Iontach, la gente era uscita dalle case e si era riversata per le strade, colpita da quella furiosa tormenta di neve che stava avvolgendo tutta l'area delimitata del castello e della vegetazione che lo circondava.

Tutti si chiedevano cosa mai stesse accadendo, un fenomeno simile non aveva mai avuto precedenti.

Anne e Louis, affacciati a una delle finestre della loro casa, guardavano la scena profondamente inquieti.

«Ti prego, Louis, va' a vedere cosa sta succedendo! George potrebbe essere in pericolo!»

Ma Louis, infilatasi al volo la giacca, era già corso fuori.

Più di uno aveva avuto il loro stesso pensiero.

Fred il fornaio, la merciaia Gretel, il fruttivendolo e molte altre persone, si stavano già recando al maniero per portare aiuto agli abitanti.

Arrivati al cancello che delimitava la collina dal parco, provarono a entrare ma, in modo del tutto inaspettato, non appena cercarono di aprirlo, vennero respinti con forza da una corrente invisibile e potentissima.

«Riproviamoci gente, forza!» urlò Louis prendendo il comando della situazione. «C'è il nostro futuro Re là dentro, oltre a moltissimi uomini, donne e bambini! Potrebbero essere in pericolo!»

Fred gli diede man forte.

«Louis ha ragione! Avanti, tutti insieme!»

I presenti si avvicinarono uno all'altro formando una falange compatta.

«Al mio via!... Viaaaaaaa!!!»

Al segnale dato da Louis, corsero e saltarono nel tentativo di scavalcare il cancello, ma non appena le loro mani toccarono il metallo, vennero sospinti via e scomparvero nel nulla.

Quando, increduli e sconvolti, apparvero ognuno nelle proprie abitazioni, per le vie di Iontach iniziò a spargersi la voce che il castello fosse stregato.

Evilia, una delle donne anziane del paese, ne era più sicura che mai e girava di casa in casa, sostenendo che, se non l'avessero ascoltata e avessero provato a rientrare nel castello, la maledizione che lo aveva colpito si sarebbe riversata anche su Iontach e sui suoi abitanti!

Giorno dopo giorno, così, iniziarono tutti a crederle e, anche solo parlarne, divenne proibito.

Solo i bambini si rifiutarono di arrendersi, almeno all'inizio.

«Mamma, papà...» provò a dire Simon più volte, «George è il mio migliore amico, non posso lasciarlo lì! Ci deve essere un modo per entrare! Deve esserci!»

Chissà se davvero c'era; i suoi genitori non vollero sentire ragioni, e lo stesso scenario si ripeté in ogni casa. A tutti i bambini che inizialmente avevano cercato di ribellarsi, fu imposto il divieto assoluto anche solo di avvicinarsi al castello e alle sue mura. Così, non lo scoprirono mai.

George, là dentro, rimase completamente da solo.

CAPITOLO 4

I mesi passarono senza che nessuno tentasse di fare più nulla.

Dopo qualche giorno, la tormenta si era placata, ma a Iontach era sceso il silenzio, accompagnato da una profonda tristezza.

Non c'era più gioia per le strade; nessun gioco all'aria aperta, nessuna risata, nessuna chiacchiera curiosa per passare il tempo.

Molti si sentivano in colpa per aver abbandonato gli abitanti del maniero a loro stessi, ma la paura dell'ignoto, alimentata dalle parole di Evilia, aveva avuto il sopravvento sul coraggio e sul buon senso, e la tacita scelta comune era stata l'omertà.

Se non se ne fosse parlato, quanto accaduto sarebbe diventato leggenda, una favola da raccontare ai nuovi nati... e, presto o tardi, anche chi l'aveva vissuta l'avrebbe ritenuta tale, seppellendola nei ricordi.

Nel grande parco, tutto era ormai diventato un'enorme statua di ghiaccio a cielo aperto, e il castello appariva come una lucida gemma illuminata dai raggi del sole.

All'interno del grande edificio, ogni corridoio, ogni suppellettile, ogni porta, ogni lampadario erano ghiacciati e, avanzando in esso si potevano incrociare, di tanto in tanto, coloro che fino a qualche mese prima ne erano stati gli abitanti, trasformati in vere e proprie sculture.

Il suono cacofonico dei passi di George era il solo rumore che si riusciva a percepire.

Il bambino, nella sua nuova ed eterna forma di pagliaccio di ghiaccio, si aggirava da una stanza all'altra, apatico e annientato dal dolore, con il solo conforto del suo pupazzo Ciùciù, anche lui diventato di ghiaccio.

Come ogni giorno, entrò nella camera di Adèl e si soffermò a osservarne la statua.

In piedi vicino alla finestra, la ragazzina aveva un'espressione spaventata.

Il bambino le sfiorò delicatamente una mano. Poi, alzandosi in punta di piedi, le fece una carezza sul viso.

«Ciao Adèl, come va oggi?... Come dici?... Non ti sento....
Spero che questo ghiaccio si sciolga un giorno, mi manchi
tanto.»

La abbracciò con tenerezza, poi uscì dalla sua stanza
accostando la porta.

«È troppo brutto questo silenzio. So che non ti piace, non
deve darti fastidio.»

Piano, si allontanò.

George tornò nella propria stanza.

Era tutto buio lì, fitto come una nebbia scura.

Triste e stanco, il piccolo si stese sul letto e si addormentò
profondamente.

«Toc toc... toc toc... toc toc... toc toc... toc toc...»

«Uhm...» mugolò nel sonno.

«Toc, toc... toc toc... toc toc... toc toc... toc toc...»

Infastidito dal continuo picchiettio, si alzò dal letto e si diresse deciso verso la finestra, ben consapevole di chi fosse la fonte del disturbo.

«Picchi! Basta!» urlò.

Ma il pettirosso non aveva alcuna intenzione di smetterla.

«Toc, toc... toc toc... toc toc... toc toc... toc toc...», continuò.

George, molto contrariato, scostò con forza le pesanti tende di broccato ricoperte di ghiaccio e, in men che non si dica, fu inondato dalla luce accecante del sole, tanto da dover schermare gli occhi con la mano.

«Toc, toc... toc toc... toc toc... toc toc... toc toc...»

«Smettila!»

Picchi continuò imperterrito.

«Toc, toc... toc toc... toc toc... toc toc... toc toc...»

«Aaaahhh, finiscila ho detto!» urlò spalancando la finestra minaccioso.

Picchi lo prese in parola e smise di picchiettare sul vetro solo per entrare, fulmineo come un razzo, dentro alla stanza e mettersi a svolazzare con insistenza intorno al bambino.

Gli dava una beccata sulla spalla e si allontanava verso la porta, tornava indietro, beccava l'altra spalla e andava di nuovo verso la porta; poi ritornava in picchiata, afferrava un lembo delle vesti ghiacciate del bambino e tirava. Lasciava e tirava. Lasciava ancora e ancora tirava.

George era veramente stufo!

«Ma insomma, lasciami in pace! Che cosa vuoi?!?»

Picchi non aveva alcuna intenzione di mollare, era evidente che volesse condurlo con sé da qualche parte. Infine, George si arrese.

«Sei noioso, sai? ... E va bene, vengo con te, andiamo!» esclamò prendendo in braccio Ciùciù.

Il pettirosso, cinguettando tutto allegro, fece un compiaciuto volteggio su sé stesso e si diresse verso l'uscita della cameretta.

Sulla porta si girò per accertarsi che il bambino lo seguisse e, assicuratosi che fosse così, varcò la soglia.

Il suo piccolo amico umano gli andò dietro sbuffando.

Insieme, Picchi, George e Ciùciù, percorsero ogni corridoio del castello.

L'uccellino sfrecciava come un matto, al punto che George dovette mettersi a correre per riuscire a stargli dietro.

Non pago di essere semplicemente seguito, a un certo punto Picchi decise di fare uno scherzo al bambino per farlo divertire un po'. Si infilò quindi nell'enorme biblioteca e, con un ultimo cinguettio, si tuffò in mezzo agli scaffali stracolmi di libri, scomparendo.

«Dove sei? Avanti, esci fuori...»

In risposta, Picchi planò silenziosamente alle spalle di George e, rapido, gli calò il berretto sulla testa! Poi, tutto allegro, si mise a svolazzare e a cinguettare davanti a lui.

Il bambino era molto arrabbiato.

«Basta! Se fai così, non ti seguo più!» dichiarò.

L'uccellino allora gli si posò su una spalla, emise un lieve cinguettio e gli diede una delicata beccata sulla guancia.

«Cos'era? Un bacino? ...» gli chiese il bimbo, stupito e adesso molto meno indispettito.

Picchi gli svolazzò di nuovo di fronte, come a volerlo invitare a seguirlo ancora.

«D'accordo, d'accordo, vengo...»

E i due amici ripresero il cammino.

Picchi, sicuro nel suo planare per i lunghi corridoi e per gli immensi scaloni, condusse George fin nei sotterranei.

«Aspetta, è troppo buio qui, fammi accendere una fiaccola...»

Il bambino si guardò intorno finché, al lato di una imponente armatura di ghiaccio, non trovò una torcia.

Quando, tirati fuori i fiammiferi, la accese rischiarando l'ambiente, una prepotente ondata di nostalgia si impadronì di lui.

«Perché mi hai portato proprio qui?» chiese, sentendosi annientato.

L'uccellino non rispose; si limitò a svolazzargli davanti, quasi a pregarlo di fare un ultimo sforzo.

Non fu facile muovere di nuovo i piedi, ma alla fine George lo seguì.

Picchi, con grande sicurezza, si addentrò nei locali bui, cercando di non uscire dall'alone della piccola luce, e continuò il suo volo fino a fermarsi davanti a un enorme e pesante portone di ferro battuto.

Poi, girandosi verso George, iniziò a sbattere le ali freneticamente.

«Immagino che tu voglia entrare...»

Con non poca fatica, il bambino spinse la porta ghiacciata e sgranò gli occhi per lo stupore.

CAPITOLO 5

Nel paesino di Iontach, intanto, il vagito di una neonata proruppe nella camera nuziale di Anne e Louis.

«Com'è bella... hai fatto un capolavoro», disse teneramente l'uomo, guardando incantato la piccolina che si muoveva vivace tra le braccia della madre.

Con quel faccino tondo, gli occhi grandi e luminosi di un blu che ricordava la sfumatura di uno zaffiro, le piccole labbra morbide come boccioli appena schiusi e i folti boccoli biondi che le ricoprivano la testa, aveva già fatto perdutamente innamorare di sé entrambi i genitori.

«Lo abbiamo fatto in due...» rispose Anne.

«Come la chiamiamo?»

Un'ombra di malinconia si disegnò negli occhi della donna.

«Thalìa... voglio chiamarla Thalìa.»

Davanti a George si stagliava una stanza molto ampia e luminosa, piena di quadri magnifici, tele ancora bianche, tavoloni di legno, stoffe decorate, manichini, fili, aghi, colori di ogni genere e pennelli.

«Il laboratorio di mamma...» mormorò.

Vi entrò a piccoli passi, quasi temendo di violarne l'essenza.

Era la sola stanza senza ghiaccio di tutto il castello, interno ed esterno. Eppure, proprio lì, per la prima volta dall'incidente, il bambino avvertì un forte brivido di freddo e si strinse tra le braccia, nel tentativo di riscaldarsi.

La sua attenzione venne catturata dal cavalletto su cui Eloise era solita creare le sue opere d'arte.

Vi troneggiava l'ultimo quadro da lei realizzato.

Era ancora incompiuto, ma i soggetti erano chiaramente abbozzati: lei, il marito e il figlio, vestiti da carnevale, posavano abbracciati e sorridenti come in una vecchia foto di famiglia.

«Mamma... papà...» sussurrò George accarezzando i loro volti sulla tela.

Ma poi un improvviso moto d'ira s'impadronì di lui!

Con impeto, afferrò il quadro e lo scaraventò a terra!

«Perché?! Perché?!?» urlò, calpestandolo più e più volte, come a volerlo distruggere.

La forza che ci stava mettendo era così veemente che, a un certo punto, sentì pulsare dolorosamente le vene della testa e fu costretto a fermarsi.

Incapace di muoversi, con gli occhi chiusi e i pugni serrati lungo il corpo, scosso da un respiro affannoso che non riusciva a calmare, sentì le lacrime scendere copiose e incontrollate.

«Perché?... Perché? ...» ripeté ancora e ancora, sopraffatto da un pianto convulso.

Picchi, vedendo il suo piccolo amico umano in quello stato, lo raggiunse e gli si posò sulla spalla.

Con delicatezza gli diede delle piccole beccatine sul viso per distrarlo; non appena si accorse di esserci riuscito, riprese a tirarlo per la giacca.

George, adesso un po' più calmo, fece un respiro profondo prima di riprendere a seguirlo.

Percorsero tutto il laboratorio, finché non si fermarono davanti a una porta che non ricordava di aver mai visto prima.

Era più piccola delle altre porte, di un legno spesso, lucido e quasi brillante.

Picchi sembrava impazzito. Vi svolazzava davanti eccitato, saltellando con le sue piccole zampe sulla maniglia.

«Va bene, siamo arrivati fin qui e vuoi che la apra. Dove mai dovrai portarmi? Sarà un piccolo magazzino per i colori di mamma...»

Ma non lo era.

Non appena George aprì la porta, venne investito da una luce tanto potente da impedirgli la visuale.

Quando, schermandosi gli occhi, il bambino riuscì ad attraversare quella luce accecante e a riaprirli, rimase a bocca aperta.

Davanti a lui si trovava una spiaggia dalla sabbia luccicante e argentata, così grande da sembrare priva di confini.

Ovunque, qua e là, c'erano dune di ogni dimensione e l'oceano, con colori che davano su tutte le tonalità del verde, del blu e del rosa, appariva immenso.

«Dove siamo, che posto è questo?» domandò George a Picchi.

Nessuna risposta, nessun allegro cinguettio.

Si guardò intorno, ma il suo amico sembrava non esserci più. Si voltò allora verso la porta da cui era entrato... o uscito... e, proprio in quell'istante, vide Picchi e la porta stessa svanire davanti ai suoi occhi, lasciando al loro posto solo una rupe, liscia e altissima.

«Picchi! Picchiiiiii!!!... Torna indietro, Picchi!!!» urlò con tutto il fiato che aveva in gola.

Ma l'uccellino era scomparso.

Il bambino non si diede per vinto e corse disperato lungo l'intera spiaggia.

Cercò persino di arrampicarsi su per la rupe ma era priva di appigli al punto, che le sue piccole dita si ferirono presto senza riuscire a tenere la presa...

Eppure, doveva esserci un'uscita!

Così ci provò ancora, ancora e ancora... ma, quando iniziò a calare il tramonto, si rese conto che no, non c'era.

Affranto, in preda alla paura e a un senso insopportabile di solitudine, George si accasciò per terra e si lasciò andare a un pianto liberatorio.

Sembrava tutto perduto, quando sentì qualcosa di umido e rasposo posarsi sulla sua faccia.

Spaventato, si alzò di scatto e aprì gli occhi!

Proprio davanti a lui, uno spumeggiante cucciolo di pastore australiano scodinzolava allegro andandogli incontro, spingendolo col musetto e tornando indietro per giocare.

Ai suoi fianchi c'erano altri due pastori australiani, molto più grandi di lui.

Dovevano essere i suoi genitori.

Uno, probabilmente il padre, era davvero enorme e aveva due luminosi occhi nocciola che gli donavano uno sguardo profondo e protettivo; l'altro, più minuto e con gli occhi dolci e azzurri, non poteva che essere la madre.

Anche loro guardavano George scodinzolando amichevoli e, seguendo l'esempio del figlio, tentarono di coinvolgere il nuovo arrivato.

«Non mi va di giocare... fa freddo, devo trovare un posto per dormire.»

Il bambino si avviò e, la famigliola, lo seguì.

A casa di Anne e Louis, la donna si rigirava tra le mani il pacchetto che Eloise le aveva dato per la figlia.

Avrebbe dovuto essere il primo regalo in assoluto per Thalìa, ma non aveva ancora avuto il cuore di aprirlo.

Si sentiva in colpa con l'amica.

George era chiuso nel castello e non c'era alcun modo di portarlo via da lì o anche solo di andare a vedere come stesse.

Alcune voci dicevano che, di notte, il vento trascinava con sé il pianto disperato di un bambino; altre raccontavano che un mostro vestito di ghiaccio era stato visto aggirarsi nel parco del castello, oltre le grate del grande cancello; altre ancora sostenevano che tutti gli abitanti del castello fossero morti congelati e che non un'anima fosse sopravvissuta.

Fosse come fosse, dopo la nascita di Thalìa, Anne aveva provato a tornare al maniero, ma si era verificato lo stesso strano fenomeno accaduto tempo addietro con i suoi compaesani.

Quando aveva provato a forzare il cancello, era scomparsa e si era ritrovata a casa.

Non si era arresa.

Aveva riprovato più e più volte... ma niente, il risultato era sempre stato lo stesso e, alla fine, aveva desistito.

«Quanto vorrei che fossi ancora qui...» mormorò.

Poi iniziò a scartare il dono.

Era un carillon. Al suo interno c'era una bambolina, la miniatura esatta di Thalìa!

«E tu, come facevi a sapere che mia figlia sarebbe stata esattamente così?» si chiese stupita.

Poi lo posò sul comodino accanto alla culla e lo girò: la loro canzone preferita si diffuse nell'aria e, la bimba, parve scivolare in un sonno profondo.

Una lacrima rotolò sul volto di Anne.

CAPITOLO 6

Rimasti senza Sovrani, i cittadini di Iontach avevano deciso di affidare la gestione del Regno a Padre Angelo, il Prete del Paese.

Era una persona retta, equilibrata, poco interessata al denaro ma molto al benessere delle persone e, sotto la sua guida, nonostante quanto accaduto sulla collina avesse spento l'antico entusiasmo, il paese aveva continuato a prosperare.

Il tempo passò veloce.

Thalìa, di ormai otto anni, era diventata una bambina allegra, mossa da un'incontenibile voglia di vivere, curiosa, fantasiosa e con l'argento vivo addosso.

Non c'era giorno che non sfrecciasse, correndo, lungo le stradine di Iontach, spesso urtando i suoi compaesani e dando così origine al loro disappunto.

Era un sabato mattina, quando la bimba entrò come un razzo dentro alla bottega di Fred il fornaio, facendo tintinnare allegramente il campanello.

Dentro c'erano due clienti, due donne arcigne, severe, brutte e pettegole che, non appena la videro, storsero il naso.

Non così il buon fornaio, che adorava la sua giovane ospite.

«Buoooongiorno Freeeed!!!» esclamò Thalìa, mettendosi in punta di piedi per appoggiarsi sul bancone.

«Buongiorno piccolina! Dove vai così di fretta?» le chiese divertito, pur conoscendo la risposta che sarebbe arrivata puntuale, come ogni sabato.

«Da te, mio caro Fred! sono venuta a prendere il pane per mamma! E anche qualcuna di quelle buone paste che sai fare solo tu...»

L'uomo, ridendo sotto i baffi, allungò una mano verso il banco frigo. Quella mattina le aveva messo da parte una delle sue paste preferite: una deliziosa, gigante e morbida pasta choux ripiena di panna, farcita come un piccolo panino e con una invitante granella di zucchero sul cappellino che la rivestiva.

«Adulatrice... ecco la tua pasta, tieni» le disse porgendogliela, mentre i suoi baffoni fremevano dalla curiosità del responso.

La bimba non era tipo da convenevoli.

Non aveva nemmeno finito di bofonchiare il suo «grazie» che già aveva affondato il faccino nel dolce, sporcandosi naso, bocca e guance di panna e facendo scoppiare a ridere Fred.

«Che buona...» mugolò con occhi sognanti.

Le due signore non riuscirono più a trattenersi.

«Una signorina come te, dovrebbe essere un po' più fine ed educata, non credi?»

«Educata... non hai visto com'è entrata? E poi cos'avrai mai da essere così allegra di prima mattina dico io?!»

«Quello che una vecchia befana come te non avrà mai più, Gertrude! La gioventù!» le rispose Fred.

«Ma... ma come ti permetti... Brutto tricheco bifolco e cafone!»

Fred scoppiò a ridere, con la sua bella risata calda e piena.

«Te lo sei cercata, mia cara. Tieni piccola, la tua roba è pronta» aggiunse, porgendo un sacchetto alla bambina.

«Grazie Fred!»

Trangugiato l'ultimo pezzetto di pasta, si pulì la faccia con la mano, prese il sacchetto, lasciò i soldi sul bancone e, facendo una boccaccia alle due megere, corse fuori dalla bottega con la stessa velocità con cui era arrivata.

La mattinata era ancora lunga e Thalìa non aveva alcuna voglia di rientrare a casa.

Decise, pertanto, di allungarsi verso la piazzetta centrale del paese.

Lì, di solito, il sabato mattina si radunavano la maggior parte dei bambini di Iontach ed era il momento ideale per giocare e divertirsi un po'.

Non appena arrivata, vide che c'erano due gruppetti: l'uno intento nel gioco delle biglie, l'altro delle carte.

Quello delle carte, capeggiato da quel teppista di Francis, un bambino cicciottello e dallo sguardo sempre minaccioso, non la ispirava neanche un po’; così si avvicinò al gruppo delle biglie, composto da Alice e Thomas, due ragazzini poco più grandi di lei, e dal piccolo Boris, un bimbo di sei anni.

«Ehi, ciao! Vi va di giocare a qualcosa di un po’ più divertente?» propose.

«Tipo?» le chiese Thomas, guardandola scettico.

«Rincorrerci!» rispose lei entusiasta.

Alice non era affatto d’accordo.

«Poi si suda...» ribatté.

«Ma ci si diverte! Non è questa la cosa più importante?»

«Thalìa ha ragione, ci sto!» dichiarò Boris mentre si alzava veloce e le dava la mano.

«Tu non ci stai, se no poi mamma sgrida me. Siediti!» gli ordinò perentorio Thomas.

Il fratellino obbedì controvoglia.

«Allora potremmo giocare a palla!» suggerì ancora Thalìa.
«Se si gioca senza strafare... non si suda tanto...»

Boris, tutto contento, guardò speranzoso il fratello ma, anche questa volta, il suo entusiasmo era destinato a spegnersi subito.

«No», sentenziò nuovamente Thomas.

«Ma perché no?!?» si spazientì Thalìa.

«Perché no!» le rispose piccata Alice. «Ogni volta è sempre la stessa storia. Arrivi qui mentre noi stiamo già giocando e pretendi che cambiamo gioco! Possibile che non ti piaccia mai nessuno dei giochi che facciamo noi?!»

«Sono noiosi...»

«Per noi no. Senti, se vuoi giocare a biglie, bene. Se no, vai a giocare con qualcun altro!»

Thalìa stava per replicare quando, alle sue spalle, si avvicinò Francis.

«Alice ha ragione, solo che è fin troppo gentile. Perché non te ne vai proprio?»

La bambina accusò il colpo.

«Perché?!... Io voglio solo giocare.»

«Non con noi. Vattene, non ti vogliamo qui» le disse duro, sovrastandola con la sua stazza.

Thalìa indietreggiò di qualche passo per poterlo guardare bene negli occhi, poi esplose.

«Non siete altro che dei prepotenti, non capite niente! Vi odio! Vi odio tutti quanti!» urlò, con voce rotta.

Boris le abbracciò le gambe.

«No... non dire così. È brutto odiare. Io ti voglio bene, non essere triste.»

Lei lo guardò e gli accarezzò la testolina, gesto che le permise di calmarsi un po' e di alzare sui compagni uno sguardo di nuovo fiero e risoluto.

«Non sono io a perderci» disse con voce calma fissando negli occhi Francis. «Va bene, giocherò da sola. Mi divertirò senz'altro di più.»

Riuscì a dirlo sicura di sé ma, dentro, sentiva che un forte nodo si stava annidando all'altezza dello stomaco.

Così, senza soffermarsi oltre, riprese la sua corsa, veloce, fulminea come quando era arrivata, ma questa volta a testa bassa per non far vedere a nessuno che non riusciva a smettere di piangere.

La tristezza per essere stata nuovamente rifiutata si trasformò a poco a poco in rabbia mentre, camminando spedita, si toglieva con stizza le lacrime dagli occhi.

Arrivata a casa non riuscì a trattenersi dallo sbattere il portone.

«Sono tornata!»

«Me ne sono accorta...» disse quasi tra sé e sé Anne, asciugandosi le mani in un canovaccio.

La donna chiuse il rubinetto lasciando le verdure nel catino e la raggiunse.

Thalìa, seduta sul divano, stringeva le gambe con le braccia, tenendo il volto nascosto in grembo.

La madre le si avvicinò e, con delicatezza, le sollevò il viso.

«Hai pianto. Cos'è successo?»

«Nessuno vuole giocare con me!» singhiozzò lei.

Mentre Thalìa si sfogava, ripetendo per l'ennesima volta che gli altri bambini del paese erano dei morti dal sonno vicini alla vecchiaia, Anne non riusciva a non sentirsi dispiaciuta.

Sapeva quanto la figlia avrebbe voluto giocare a rincorrersi e a inventare scenari accattivanti che le permettessero di calarsi nei panni di pirati armati di sciabola o di avventurose principesse in cerca di tesori... Era fantasiosa la sua piccola avventuriera e la capiva bene, aveva preso tutto da lei!

Ricordava ancora le corse pazze che, alla sua stessa età, erano solite fare lei ed Eloise, e sapeva quindi alla perfezione quanto fosse speciale condividere il divertimento con gli amici.

Tuttavia, da quando otto anni prima si era verificato quel fatto increscioso, sembrava che gli adulti del paese si fossero lasciati assalire dall'ansia e dalla paura. Così, l'ostinazione a essere fin troppo protettivi, aveva portato la maggior parte di loro a frenare l'immaginazione dei figli.

Anne era consapevole che quell'atteggiamento non era destinato a cambiare.

«Mi stai ascoltando, mamma?» le chiese la bambina facendola riemergere dai suoi pensieri.

«Certo... Ma, tesoro, se agli altri bambini piace fare giochi diversi da quelli che ami tu, non puoi fargliene una colpa, non credi?»

«Nemmeno loro a me però!»

«Certo, nemmeno loro a te. Ma sei tu che hai cercato di imporre i tuoi giochi, mentre loro stavano già giocando... dico bene?»

«Erano giochi noiosi!»

«Per te.»

«Eh. Quindi c'è solo una soluzione...» rispose sorniona la bimba.

Anne la guardò in attesa, già sapendo dove sarebbe andata a parare.

«... andare da sola a giocare a palla nei campi... ?!» propose, un po' titubante ma speranzosa.

Anne non riuscì a trattenere un sorriso.

«E sia, furbetta! Dopo pranzo puoi andare.»

Thalìa si alzò in piedi gioiosa, e la abbracciò forte.

«Grazie! Ti voglio taaaaaaantissimo bene!!!... Yuhm, cosa c'è di buono oggi? Ho una fame...!»

Anne la guardò trotterellare in cucina e, scuotendo la testa allegra, la seguì.

CAPITOLO 7

L'abilità di George nel far rimbalzare i sassolini sull'acqua non aveva rivali! Ormai quattordicenne, ne aveva fatto uno dei suoi passatempi preferiti.

Gli anni erano passati senza che nulla cambiasse. Picchi non era tornato, la porta non era ricomparsa, i tre cani non sembravano essere invecchiati nemmeno di un giorno, Ciùciù rimaneva un pupazzo di ghiaccio e, nello stesso modo, anche George era costantemente avvolto in quel vestito ghiacciato da pagliaccio, diventato ormai, per lui, una seconda pelle.

L'unica differenza era il cuore, che sembrava essersi quietato e battere meno rabbioso e più placido.

Il tempo lo aveva calmato.

George aveva dovuto occuparsi non di sopravvivere, bensì di vivere; per sé stesso, e per i tre cani che lo avevano scelto. Per loro aveva imparato a costruire una zattera e ad affrontare il mare per pescare, aveva imparato ad accendere un fuoco e a cucinare. Aveva scoperto che, non lontano dalla spiaggia, c'era una piccola oasi dove crescevano alberi da frutto, bacche e verdure selvatiche.

Proprio lì, dopo aver vissuto a lungo in un'umida grotta incuneata nella grande rupe, aveva costruito la sua piccola abitazione.

Le sue giornate erano un solitario susseguirsi di azioni e situazioni per lo più uguali e George, impaurito dall'idea di disimparare a parlare, anche se in risposta riceveva solo abbai e sguardi languidi, faceva grandi discorsi con i suoi amici cani che, adesso, avevano un nome: Jo, Alex ed Elly.

Il piccolo Jo, in particolare, aveva una vitalità inesauribile e, per lui, ogni pretesto era buono per giocare.

Il suo gioco preferito era il riporto.

Quel pomeriggio vide un legnetto trascinato a riva dalla risacca. Tutto entusiasta, corse a prenderlo per portarlo a George ma lui, di giocare, non aveva affatto voglia.

La notte prima aveva sognato il giorno ormai lontano dell'incidente. Era stato un sogno strano, ovattato; un sogno di urla, pianti, sangue, risate gioiose diventate il ghigno di un pagliaccio malvagio e poi un suono insopportabile di lacrime, musica dapprima armoniosa, poi distorta e cacofonica, nitriti, statue di ghiaccio, sguardi vuoti, ancora nitriti, zoccoli sull'erba, correnti d'aria, la testa di suo padre sulla pietra, tempesta di neve, la testa della madre sotto gli zoccoli e di nuovo sangue. Tanto, troppo sangue.

Si era svegliato in un bagno di sudore e non era più riuscito a pensare ad altro.

Jo saltellava davanti a lui col suo bastoncino per catturarne l'attenzione, ma il ragazzo sembrava così intorpidito che Elly ed Alex si misero ad abbaiare forte.

Tornato in sé li guardò interrogativo, poi notò il piccolo Jo che, accortosi di aver finalmente ottenuto la sua attenzione, gli aveva posato il bastoncino davanti ai piedi e stava abbaiando, come a invitarlo a raccoglierlo e a tirarglielo.

«Ancora il gioco del bastoncino, Jo?»

Il cagnolino abbaiò entusiasta mettendosi a rincorrere la sua stessa coda, si buttò sulla schiena e si fermò con le zampette per aria e la lingua penzoloni a guardarlo.

«D'accordo... ma solo una volta, siamo intesi?» gli disse sorridendo.

Il piccolo scodinzolò e abbaiò felice, rimanendo sull'attenti per guardare attentamente dove George avrebbe lanciato il bastoncino.

Non appena il ragazzo ebbe effettuato il lancio, Jo si slanciò, corse, afferrò il legnetto e, tutto fiero e baldanzoso, lo riportò indietro.

George si era già dimenticato del bastoncino; seduto sulla sabbia, guardava distrattamente il leggero infrangersi dell'acqua sulla battigia.

Jo gli diede una leccatina veloce sul volto ghiacciato, poi abbaiò per riottenere la sua attenzione.

«Basta Jo, non ne ho più voglia.»

Il cucciolo non demorse, e ancora abbaiò.

George, scocciato, prese il bastoncino e, questa volta, lo lanciò in acqua.

Com'era felice Jo! Mosse il sederino mentre, con le orecchie tese e la sua vista acuta, cercava di intravedere il pezzetto di legno tra le onde. Poi, sicuro, si tuffò in un punto ben preciso e, in men che non si dica, riemerse col suo trofeo in bocca!

Glielo posò in grembo ma... niente, nessuna reazione. Allora gli tirò un lembo della giacca.

Era così fredda che il piccolo guaì. Per ridestare l'attenzione del ragazzo, riprese a saltellare.

Ancora niente.

Alex corse in suo aiuto. Afferrò con la bocca il bastoncino e lo offrì al figlio, ma lui rifiutò il gioco. In quel momento, non voleva giocare col suo papà, voleva giocare con il suo migliore amico, con George... che, però, non lo considerava affatto.

Così, triste e avvilito, gli si accucciò vicino.

Alex ed Elly avvedendosi del malumore del loro cucciolo, cercarono di smuoverlo con delle affettuose musate; non vedendo alcuna reazione, si misero di fronte al ragazzo e gli abbaiarono sdegnati contro.

«Oh, andiamo, non è colpa mia. Non posso mica passare tutte le mie giornate a giocare!» cercò di difendersi, evitando il loro sguardo.

Alex ed Elly, allora, si avvicinarono a Jo e gli si accucciarono ai lati.

Alex ululò al cielo ed Elly lo leccò con amore. Il cucciolo, a poco a poco, si abbandonò con serenità alle coccole della sua mamma e alla presenza del suo papà.

George, all'ululato di Alex, si era girato ed era rimasto rapito dalla scena.

Non poté fare a meno di pensare a quando, piccolino come Jo, veniva lanciato in aria dal suo papà, abbracciato e riempito di baci dalla sua mamma.

Sentì una struggente mancanza.

Quella era l'immagine di una famiglia.

"Famiglia."

Quella che lui non avrebbe avuto mai più.

Senza che potesse controllarla, una lacrima solitaria gli rigò la guancia.

CAPITOLO 8

Finalmente il primo pomeriggio arrivò e la trepidante attesa di Thalìa finì.

La bambina prese la sua palla preferita e raggiunse la porta di casa.

«Vado!» urlò entusiasta, sbattendo la porta.

Poi, di corsa, imboccò il vicolo deserto.

«Sii prudente!» le urlò dietro la madre.

Invano, perché lei era già lontana, persa nelle migliaia di straordinarie e sempre nuove avventure che le si avvicendavano fulminee in mente.

Così fulminee che, a un certo punto, si bloccò in mezzo alla via come colta da un pensiero più vivido degli altri.

«Quasi quasi...»

Si guardò intorno, vide un enorme vaso di fiori e, circospetta, come se avesse paura di essere spiata da qualcuno, ci nascose il pallone.

Poi, veloce come sempre, s'avviò nella direzione opposta a quella che aveva preso in precedenza.

Mentre percorreva a passo svelto i vicoli del paese verso la grande vallata, si accorse che una finestra si stava aprendo.

Velocissima, si nascose dietro un tavolino e rimase in attesa.

Una massaia ritirò uno dei canovacci stesi e rientrò.

La bambina attese ancora qualche istante; dopo di che, assicuratasi che la massaia non si palesasse di nuovo, e che per strada non ci fosse nessuno che potesse vederla, passò quatta quatta sotto il davanzale e corse verso la parte ultima del vicolo, per poi svoltare in quello successivo.

Lì c'erano due barboni ubriachi fradici.

Uno era seduto su uno scalino e stava ridendo di gusto, l'altro stava tracannando con grande gioia un grosso fiasco di vino.

Entrambi la fissarono.

«Ehi, non sei la figlia di Louis?» le chiese divertito il barbone che rideva.

«Io?... Sì, c-cioè, no... le assomiglio, sì, sì, me lo dicono sempre. Ma... ma non sono io.»

«Ma certo che non è lei, non vedi? Questa ha i capelli rossi!» esclamò convinto il compare avvinazzato.

«Rossi? ...» gli chiese perplesso l'altro, che li vedeva biondi come il sole a mezzogiorno.

Thalìa colse il momento propizio.

«Sì, rossi. Non li vede? È da quando sono piccola che mi sento dire che sembro nata in un campo di carote... ma a me piacciono! Sono proprio belli, vero?»

Il barbone che li vedeva biondi smise di ridere e strabuzzò gli occhi.

«Rossi dici... Mi sa che sono ubriaco ma non abbastanza, passami il fiasco che voglio bere ancora un po'!» disse al suo amico, tentando di sottrargli la bevanda.

Quest'ultimo non era affatto d'accordo.

«Ehi, molla, è mio!»

«No, è mio!»

«È mio ti dico!»

I due uomini, ormai totalmente dimentichi della presenza di Thalìa, iniziarono a darsele di santa ragione e lei, con uno scaltro sorriso e un sospiro di sollievo, si allontanò per addentrarsi in un altro vicolo, poi in un altro e in un altro ancora finché, infine, non intravide i campi in fondo a una stradina totalmente deserta, e si lanciò in una corsa sfrenata.

Adesso col paese alle spalle, si trovò di fronte a una sterminata radura costellata da campi coltivati, attraversata da un viottolo acciottolato che conduceva proprio verso la collina su cui sorgeva il castello di ghiaccio.

Senza esitare, lo prese.

Più il sentiero si faceva ripido e si avvicinava al maniero, più Thalìa aumentava la sua andatura.

Non vedeva l'ora di arrivare in vetta, si sentiva euforica!

La sua euforia si tinse di pura sorpresa quando, ormai a pochi metri dalla destinazione, si accorse che i raggi del sole, picchiando sul ghiaccio del castello, davano vita all'arcobaleno più splendente che le fosse mai capitato di vedere!

«Uaaaaaaaaaaaoooooooooo!!! È magnifico! Ma questo è il Regno dei sogni!» esclamò, avanzando a grandi passi.

Davanti all'enorme cancello in ferro battuto, sbirciando attraverso gli ornamenti, scorse un parco tutto innevato, rischiarato in parte dal sole, in parte dall'arcobaleno. Era incantevole.

Provò a spingerlo nel tentativo di entrare, ma era chiuso. Così vi si sedette davanti, continuando ad ammirare il suo interno.

Tutto, dagli alberi ai cespugli, era ricoperto da una morbida coltre di neve che brillava magicamente sotto il sole. Appariva immobile, come una cartolina congelata dal tempo.

Lo sguardo meravigliato della piccola si spostò verso il castello...

«Com'è bello questo posto... sembra di essere in una favola...» commentò. «Caro Castello, voglio dedicarti una canzone.»

Thalìa si alzò, e tirò fuori dall'ampia tasca del suo vestito il carillon che la sua mamma le aveva regalato appena nata.

Adesso la bimba al suo interno non era più una neonata, ma aveva la stessa età di Thalìa ed era identica a lei persino nell'abbigliamento.

Nella posizione in cui si trovava, sembrava ballare.

Thalìa cercò il bottoncino alla base del carillon e l'azionò.

«Ecco... Questa, Castello, è per te...»

Una melodia celestiale si propagò nell'aria.

La bambina, incapace di resistere, si mise a volteggiare.

Non si era mai sentita così libera e appagata come in quel momento!

«Come vorrei che fosse sempre così, Castello! Quanto mi piacerebbe correre senza venire ogni volta rimproverata da qualcuno! Sarebbe così bello poter vivere mille avventure! Voglio viaggiare in mondi lontani, galoppare su un veloce e possente destriero, impugnare una spada e combattere contro tutti i nemici del mondo! E magari ... sì, anche salpare per mare!»

Mentre Thalìa ballava e, entusiasta, confidava i propri desideri al suo nuovo amico, le sembrava che la neve e il ghiaccio si illuminassero via via sempre di più.

Da lì a non molto, come incantati dalla musica del carillon, tutti gli animaletti del bosco la circondarono. Farfalle, uccellini, cavalli, gatti, cani, scoiattoli, cerbiatti e volpi, si radunarono tutti davanti al cancello, e si lasciarono trasportare a loro volta in una danza angelica.

Un gattino molto piccolo e tutto bianco si arrampicò sulla spalla della bambina.

Lei, stupita, lo prese in braccio e, tenendolo stretto a sé come un immaginario cavaliere, lo condusse nella sua danza.

Infine, la musica del carillon si spense.

«Il giorno in cui avrò la mia libertà, nessuno potrà più portarmela via, piccolino...» disse un po' malinconica al micio, prima di restituirlo alla sua mamma, che lo guardava facendo le fusa dall'interno del grande parco.

Tutti gli animali la osservavano incuriositi.

«Grazie per aver giocato con me... è stato bello farlo con qualcuno ... una volta tanto!»

Ciascuno con il proprio verso, la salutarono, poi si voltarono e scomparvero alla sua vista.

Thalìa lanciò un ultimo sguardo al maniero e, appagata, tornò verso il paese.

Mentre camminava, la bambina continuava a pensare a quel luogo meraviglioso, che così di rado poteva permettersi di andare a visitare.

Nella sua immaginazione, era sempre appartenuto a una dimensione parallela.

Sognava di come avrebbe potuto essere entrarvi e si poneva un'infinità di domande sui suoi abitanti. Davvero erano rimasti congelati? E che fine aveva fatto il principino di cui una volta aveva sentito parlare i suoi genitori, ma di cui nessuno sembrava volersi ricordare?... Forse anche lui era diventato un pupazzo di neve o una statua di ghiaccio, forse faceva parte del giardino, o magari si era trasformato in una creatura magica che appariva solo di notte per proteggere il paese, all'insaputa di tutti! Qualunque fosse la verità, lei sperava di poterlo incontrare un giorno... ma ogni volta che riusciva a eludere i controlli dei suoi compaesani e ad arrivare fino a lì, lui non c'era mai.

In compenso, c'erano sempre un sacco di animali e Thalìa si chiedeva come fosse possibile che loro non fossero di ghiaccio. Che fosse stata solo una leggenda quella che diceva che anche gli abitanti erano diventati come il castello? Ma, se così fosse stato, che fine avevano fatto e, soprattutto, perché in tutti quegli anni la neve non si era mai sciolta?...

Senza quasi rendersene conto, Thalìa si trovò di fronte all'imponente portone di legno di una casa bassa e gialla, situata proprio nella piazza centrale del paese.

Lo guardò risoluta, poi bussò.

Da dentro, rispose la voce di una donna.

«Chi è?»

«Sono io Zia Beth, Thalìa. Apri?»

Un rumore affrettato di passi si avvicinò al portone.

«Bambina mia!» esclamò la donna, aprendole.

Era una signora non proprio giovanissima ma piuttosto in forma, con folti capelli argentati raccolti in un'elegante crocchia.

«... come sei sudata! Forza, vieni dentro ad asciugarti. Intanto ti preparo la merenda.»

Thalìa le saltò al collo e le diede un rumoroso bacio sulla guancia.

«Grazie zietta! Ci sono quei buoni biscotti con le arachidi che prepari sempre per lo zio?»

«Certo golosona! Vatti a lavare le mani e a metterti un asciugamano sul collo prima, veloce!»

«Agli ordini!» disse la bambina saltando in posizione come un soldatino, prima di scomparire nel bagno.

Quando, poco dopo, rientrò in cucina, trovò un bicchiere gigante di latte fresco e un intero piatto dei suoi biscotti preferiti ad attenderla!

Con il consueto entusiasmo gli si buttò sopra, divorandoli con gusto.

«Piano, non così veloce che ti fanno male!»

«Non c'è pericolo, sono troppo buoni! Yum ...»

In breve, i biscotti finirono.

Thalìa, ingurgitato il bicchiere di latte, si pulì soddisfatta la bocca con la manica e si lasciò andare sulla sedia.

«Nipotina mia... dovresti essere un po' più delicata. Sei una femminuccia dopo tutto.»

«E quindi? Le femmine non sono mica delle mummie!» dichiarò la bimba brandendo il cucchiaio e saltando sulla sedia! «Io, un giorno, salirò su una grande nave dei pirati, diventerò il loro Capitano e combatterò contro tutti i nemici, sconfiggendoli uno per uno!» dichiarò.

Fu tanto l'entusiasmo che perse l'equilibrio, e fu solo grazie alla zia se riuscì a non schiantarsi dolorosamente a terra.

«Attenta!» esclamò spaventata la donna, prendendola al volo.

Thalìa scoppiò a ridere e la abbracciò forte.

«Con un attendente come te, mi sento sicura come su un trono!»

«Attendente a chi, signorina? In quanto tua zia, dovrei sedere *vicino* a te, non farti da cavalier servente! Comunque, adesso che sei satolla, mia avventurosa nipote pirata, dimmi: qual è il motivo della tua visita?»

Thalìa, sentendosi scoperta, arrossì.

«Eh... ehm... sì, dunque, ehm... Mi chiedevo... Cosa sai della storia del castello?»

Zia Beth si fece immediatamente seria.

«Castello? Quale castello?»

«Come quale castello?! Quello di ghiaccio, no?»

«Ancora questa domanda... Forse non sono stata abbastanza chiara l'ultima volta. Non ti devi interessare a quella storia, hai capito? Mai!»

«Spiegami almeno perché! Nessuno che ne voglia parlare! Ma cosa c'è di così terribile rinchiuso in quel posto? Come può essere tanto pericoloso?! È bellissimo, pieno di animali, sembra fatato!»

«Non è fatato, è stregato! ...» urlò la donna senza controllo. «Senti, ti ho già detto fin troppo. Adesso fammi la cortesia di tornare a casa. Ho un sacco di cose da fare e mi hai già fatto perdere fin troppo tempo!»

La bambina la guardò stupita, sua zia non le si era mai rivolta in un modo tanto sgarbato.

«Ma...» provò a replicare.

«Niente... ma. Vai.»

Thalìa, messa alla porta senza ulteriori possibilità di replica, si alzò e uscì.

CAPITOLO 9

Thalìa c'era rimasta così male che non si era più azzardata a chiedere, né alla zia né a nessun altro, notizie sul castello.

Chiuse la sua curiosità nel cuore, dicendosi che, un giorno, quando fosse diventata grande, sarebbe riuscita a scoprire tutto da sola.

Fu così che passarono ben dieci anni.

Thalìa era diventata una giovane diciottenne dalla bellezza rara e delicata, con lunghi e luminosi boccoli biondi che le scendevano lungo la schiena, occhi di un blu intenso e un carattere deciso, che aveva mantenuto intatta la voglia d'avventura dell'infanzia.

Come allora, anche adesso non era molto popolare tra i suoi coetanei.

Diceva sempre quello che pensava, non si omologava e preferiva di gran lunga correre o passare lunghe ore a leggere storie avventurose, piuttosto che stare seduta a ricamare o a provarsi vestiti, come invece facevano le altre ragazze di Iontach.

Quel giorno, in attesa della campanella che avrebbe scandito l'inizio delle lezioni, era seduta sul muretto esterno alla scuola e ascoltava alcune delle sue compagne di classe.

Susanne, Danielle, Estrella e Julienne erano esattamente l'opposto di Thalìa.

Estremamente altezzose, erano convinte di essere le quattro ragazze più belle e più ambite di Iontach.

«... e così, per il mio compleanno, mamma mi ha organizzato una festa! Sarà stupenda! Verrete vero? Saranno presenti tutti i migliori partiti del paese!» annunciò con grande orgoglio Susanne.

Thalìa non riuscì a trattenersi dal rispondere.

«Ma certo... come perdersi un evento di simil portata...».

«Sei solo invidiosa!» la investì Danielle.

«E di cosa, illuminami... Siamo talmente pochi in questo paesino che ci conosciamo tutti, uno per uno. Ci incontriamo tutti, ogni giorno. Sappiamo come siamo vestiti, come camminiamo, che gusti abbiamo. Nessuna sorpresa. E io davvero, perdonatemi, ma non riesco proprio a immaginare chi potrebbero mai essere questi *"migliori partiti"*!»

«Ma come *"chi"* ... i nostri futuri mariti, no?! Chi altri?!» si scandalizzò Julienne.

Thalìa ridacchiò.

«Cosa ve ne fate? È troppo presto per sposarci!»

«Presto? Che sciocchezza!» disse Danielle. «Quest'anno finiremo la scuola, e io voglio iniziare a lavorare nella salumeria di mio padre, prendere marito e avere un bel maschietto.»

«Anch'io!» le fecero da eco Estrella e Susanne.

«E anche io...» si aggiunse sognante Julianne.

Thalìa saltò giù dal muretto incredula.

«Ma dai, è ridicolo! Come potete pensare di sposarvi e diventare madri, se non conoscete nulla del mondo! Cosa insegnerete ai vostri figli? A spaccare la legna e a cucire o a insaccare le carni e a cucinare? Non è possibile che non abbiate sogni! ... Quali sono?... Quelli veri, intendo!»

Le altre si guardarono prima tra loro, poi la fissarono come fosse completamente matta. Ma lei non si perse d'animo e continuò.

«Io vorrei... non lo so... fare l'archeologa, per esempio! Conoscere antiche civiltà scomparse! O magari... fare la piratessa! E combattere con la mia sciabola tutti i nemici! E poi vorrei viaggiare e ...»

In quel momento suonò la campanella e Susanne la interruppe.

«Chi se ne importa di quello che vorresti tu. Sei così ... come hai detto prima?... Ridicola, questo è l'aggettivo che più ti si addice. La piratessa... Che idiozia, nemmeno avessi ancora otto anni! Comunque, tranquilla, puoi non venire: non sei invitata. Ragazze, entriamo, non intendo prendere una nota a causa sua.»

Impettite come quattro pali, come in una danza grottesca, le quattro amiche alzarono il mento, raddrizzarono la schiena, strinsero i loro libri sottobraccio e si avviarono verso le scale.

Thalìa, dopo un attimo di smarrimento, le rincorse.

«No, ragazze, aspettate!»

«Che c'è ancora?» la apostrofò Julianne, girandosi seccata.

«Pensavo... se non entrassimo affatto questa mattina?»

Estrella le si avvicinò incuriosita.

«Sentiamo, cosa proponi?»

Thalìa ci provò.

«Mi piacerebbe andare al castello! Voi non ci siete mai state ma è un posto incredibile! Vi piacerà, ve lo assicuro!»

Lo propose con sincero entusiasmo, ma le altre si guardarono nuovamente tra loro con la solita espressione disgustata.

«Chissà che mi credevo!» commentò Julienne.

«Se vuoi andare, vai, non faremo la spia. Ma noi abbiamo decisamente di meglio da fare. Muoviamoci», concluse Susanne.

Girarono sui tacchi e sparirono dentro l'androne della scuola, seguite da una fiumana di altri studenti.

Tra questi, un ragazzo urtò violentemente Thalìa facendole perdere quasi del tutto l'equilibrio.

«E spostati!» le gridò dietro.

Rimase a guardarlo per un attimo, mentre una smorfia carica di delusione le si dipingeva sul volto. Poi, rassegnata, si allontanò.

Quella mattina voleva tornare al castello.

Erano anni che non ci andava, ma erano giorni che non faceva altro che sognarlo.

Sognava immagini strane, che non riusciva a spiegarsi: un ragazzo senza volto che correva su una spiaggia, dei cani, il parco innevato, due coppie di penetranti occhi azzurri che spuntavano da una siepe, un bambino in lacrime, una sala da ballo meravigliosa piena di gente e allegria, una tormenta di neve... un urlo raccapricciante.

E in quel momento si svegliava.

Sempre.

Agitata e inquieta, ma con nel cuore la sensazione di dover tornare lì, a ogni costo.

Questa volta l'avrebbe assecondata.

Tirò fuori dalla tasca del vestito il carillon, al cui centro era adesso presente una giovane donna identica, in età e fattezze, a lei. Lo caricò e, sulle note della melodia, si avviò verso la sua meta, correndo, danzando e cantando.

Nella spiaggia dove George viveva ormai da diciotto, lunghi anni, il cielo era popolato da nuvole scure e minacciose e, il mare in tempesta, infrangeva con violenza i suoi giganteschi flutti sulla spiaggia.

Il ragazzo, per proteggersi dalla pioggia che sarebbe caduta da lì a poco, aveva trovato riparo in una grotta vicina ma non raggiungibile dalle onde, molto più calda e sicura rispetto al suo rifugio abituale.

Si guardò intorno abbastanza soddisfatto.

Aveva preparato un comodo giaciglio, e ci aveva posto sopra il suo immancabile amico di pezza ghiacciata Ciùciù, aveva preparato un bel po' di provviste nel caso che la tempesta fosse durata più del previsto... gli mancava solo una cosa per sentirsi tranquillo: la presenza dei suoi cani.

«Dove si saranno cacciati con questo tempo?» si chiese.

Uscì dalla grotta e si guardò intorno nel tentativo di avvistarli, ma non riuscendo a scorgerli da nessuna parte, andò a cercarli.

«Ellyyyyy, Joooooo, Aleeeexx!» urlava ripetutamente. Nel tentativo di farsi sentire da loro, sfidava la potenza del vento ma era una vera impresa; era così forte, e fischiava con una tale intensità, da coprire ogni suono.

George continuò a urlare e ad avanzare con grande difficoltà per un bel po', finché, finalmente, non li vide!

E gli prese un colpo!

Del tutto incurante del pericolo, il piccolo Jo stava correndo veloce come un razzo in direzione di un'onda alta quanto le mura del castello di Iontach, ringhiandole contro come a volerla sfidare!

Alex ed Elly abbaiavano al cucciolo nel tentativo di farlo tornare indietro, ma lui sembrava sordo al loro richiamo.

Invaso dal panico, George corse in direzione del cagnolino.

«Joooo! Jooooooooo!!!» gridò forsennatamente. «Torna indietro! Non puoi far niente per fermare le onde, è pericoloso!!! Jo, vieni qui, Joooo!» ... ma Jo non sentiva e venne inghiottito dal mare.

Anche George fu sommerso.

Mentre lottava per non essere risucchiato dalla corrente e rimanere a riva, vide Alex superarlo di corsa e tuffarsi senza esitazione alla ricerca del figlio.

Il ragazzo corse a sua volta verso il mare e si tuffò. Travolto in pieno, venne però trascinato con violenza dalla risacca e sbatté la testa contro uno scoglio.

Svenne.

La pioggia scrosciante che iniziò a scendere proprio in quel momento ebbe l'effetto di rianimarlo.

Ancora intontito dalla botta si rialzò con fatica e si guardò intorno alla ricerca dei cani.

Alex era riuscito a recuperare il figlioletto, terrorizzato. Lo teneva saldo per la collottola e stava nuotando verso di lui in cerca di aiuto.

George corse loro incontro!

Fece appena in tempo a prendere tra le sue braccia il cucciolo, che si avvide dell'arrivo di un'onda ancora più alta delle altre!

«Alex, scappa! Scappaaaaaaaaaaaaaaaaaaa!!!» urlò il giovane, allontanandosi il più possibile per non venire travolto.

Ma Alex, affaticato e provato dal salvataggio del figlio, non fu abbastanza veloce. Venne preso in pieno e trascinato al largo.

Riemerse poco dopo in mezzo ai cavalloni, guaendo atterrito e muovendo freneticamente le zampe mentre l'acqua, impietosa, lo soffocava, entrandogli in gola.

Sotto lo sguardo allucinato e impotente di George, e quello di Jo, che si divincolava per scendere dalle braccia del suo amico umano e correre in aiuto del suo papà, Elly si tuffò a sua volta nel tentativo di salvarlo.

Riuscì a raggiungerlo e ad afferrarlo per la collottola.

Con decisione e grande forza, lo trascinò verso riva ma, un'altra onda, li investì entrambi.

Jo abbaiò contro il mare come un ossesso, George urlò i loro nomi attraverso la pioggia e contro il vento!

Inutilmente.

I due cani non riemersero più.

CAPITOLO 10

Thalìa, finalmente era arrivata a destinazione.

«Ciao Castello, mi sei mancato moltissimo!» dichiarò, afferrando le sbarre della cancellata.

Incredibilmente, era socchiusa.

Elettrizzata, la spinse ed entrò.

Avanzò a piccoli passi, gustandosi la leggera aria pungente che le raffreddava le gote e guardando con attenzione quel grande parco che, per tanti anni, aveva cercato di immaginare.

La realtà andava ben oltre la sua fantasia.

A mano a mano che procedeva, aveva la sensazione di trovarsi in un luogo incantato in cui ogni più piccolo angolo sembrava dormire placido sotto una spessa coltre di neve.

Era come trovarsi fuori dal tempo e dallo spazio.

Mentre camminava lungo i sentieri e passava tra gli alberi e su quelle che un tempo dovevano essere state infinite distese erbose, si ritrovò a essere raggiunta e, per così dire, scortata da tutti gli animali del bosco. Tra loro, un gatto bianco le si avvicinò facendole le fusa.

«Sei tu!» disse Thalìa, riconoscendo il micino che le era salito in braccio anni prima.

«Maow... prrrrrrrrr...» commentò lui in risposta, strusciandosi ancora di più sulle sue gambe.

Lei lo prese in braccio e questi, quasi non aspettasse altro, si accomodò sul suo collo come un grosso e caldo scialle.

«Mi ci voleva proprio, grazie» gli disse, leggermente tremante per il freddo.

Mettendo le mani sotto la sua calda pelliccia, si sentì subito molto meglio.

Rinfrancata, insieme al suo vecchio amico e agli altri animaletti, continuò la passeggiata.

Alla grande spiaggia, intanto, la pioggia aveva cessato di cadere; il cielo si era schiarito e il mare si era ormai quasi del tutto calmato.

George, che si era tuffato per l'ennesima volta nell'ultimo, disperato tentativo di trovare Elly ed Alex, riemerse da solo sentendosi impotente.

Jo, quando lo vide tornare a riva con le lacrime agli occhi, capì e lanciò un ululato straziante al cielo.

Il ragazzo provò a prenderlo in braccio per consolarlo, ma lui non glielo permise e corse invece verso il mare. Poi si fermò e volse lo sguardo a quell'infinita distesa d'acqua, come a voler intravedere le teste dei genitori.

Rimase per molto tempo a guardare in tutte le direzioni, emozionandosi ogni volta che un'onda, leggermente più alta delle altre, formava un'increspatura... finché, ore dopo, non comprese che era inutile.

Devastato, si accucciò e guaì disperato, mentre calde e grandi lacrime gli scendevano dagli occhi.

George, che fino a quel momento si era limitato a guardarlo, gli si sedette vicino.

Avrebbe voluto confortarlo, ma sapeva quanto, in quel momento, fosse inutile.

Non c'era consolazione alla perdita della propria famiglia.

Ricordava alla perfezione quel giorno in cui, per lui, tutto era finito... o forse iniziato; quel dolore era inciso in modo indelebile dentro la sua anima.

Posò una carezza sulla testolina del cucciolo.

Questi sospirò e chiuse avvilito gli occhi.

Poco dopo, dal cielo, George vide un puntino lontano avvicinarsi sempre più veloce e diventare via via più grande.

Era il pettirosso Picchi che, in un baleno, gli arrivò di fronte, sbattendo freneticamente le ali e volando intorno a lui come impazzito.

Il suo modo per dire che voleva essere seguito!

Il cuore del ragazzo si mise a tamburellare dalla gioia.

«Picchi! Sei davvero tu?! Che fine avevi fatto...!»

Ma Picchi non sembrava in vena di perdere tempo e gli svolazzò intorno ancor più veloce, chiccolando più che mai. Pareva un tornado!

«Sempre il solito...» disse quasi tra sé e sé il ragazzo, sentendo un piacevole calore e una nuova speranza.

«Jo, seguiamolo, forza...»

Il cucciolo, mesto e con i lacrimoni agli occhi, si alzò controvoglia e li seguì.

Dopo un po', arrivati vicino alla rupe, Picchi si posò sulla spalla di George.

«Perché ti sei fermato?» gli chiese perplesso.

L'uccellino, senza scomporsi, intonò un canto melodioso.

Una fortissima e improvvisa luce bianca li investì, scomparendo a poco a poco per lasciare al suo posto quella porticina da cui, tanti anni prima, erano entrati. Era aperta!

«Mi stai dicendo che, finalmente, posso tornare a casa?!? Davvero?!» chiese George, euforico.

Picchi non rispose.

Si alzò in volo e andò verso la porta, girandosi per accertarsi di essere seguito.

George annuì e gli fece cenno di aspettare solo un attimo. Poi si volse a Jo.

«Vieni con me. Non c'è più niente qui per te... ti piacerà, vedrai.»

E Jo lo seguì ancora una volta. Entrambi varcarono la soglia.

Nell'eccitazione del momento, non ricordò che Ciùciù era rimasto nella grotta.

Che strana, insolita e impattante sensazione rientrare nel laboratorio della madre dopo così tanti anni.

George si sentì stringere la gola dall'emozione.

Jo si era messo ad annusare incuriosito ogni angolo. A un certo punto abbaiò, richiamando la sua attenzione.

Il ragazzo lo raggiunse.

«Che succede?»

Il cagnolino spingeva col muso una vecchia tela buttata a terra.

George la riconobbe subito.

Non era una tela qualsiasi, ma quella che, in un moto di stizza, lui stesso aveva buttato per terra tanti anni prima.

Un sorriso malinconico gli si dipinse sul volto.

La sollevò con delicatezza e la sistemò sul cavalletto; infine, accarezzò i ritratti dei suoi genitori.

«Mi mancate, sapete? ... davvero tanto.»

Si sedette a terra e chiuse gli occhi, nel tentativo di calmare il cuore.

Una calda lacrima gli scese su una delle gote, mentre Jo si acciambellava mogio sulle sue gambe.

George lo accarezzò e rimasero così per un poco, ognuno avvolto in quel dolore che entrambi, adesso, condividevano.

Thalìa era arrivata di fronte a una calotta trasparente fatta di ghiaccio sottile. Al suo interno, due giovani che parevano addormentati si tenevano per mano.

Le corone che indossavano sul capo non lasciavano adito a dubbi; non potevano che essere i due sovrani di cui aveva sentito parlare, Re Alexander e la Regina Eloise.

Nel guardare la giovane Regina, ne rimase molto colpita: erano così simili da sembrare sorelle.

«Com'è possibile che mi assomigli così tanto?» si chiese.

Perplessa, tirò fuori il suo carillon, facendo una scoperta incredibile!

La bambolina al suo interno, pur continuando a mantenere le sue fattezze, era adesso vestita con gli stessi abiti indossati da Eloise.

Thalìa azionò il carillon.

Quel particolare oggetto, solito a suonare canzoni sempre diverse che si adattassero allo stato d'animo della sua giovane proprietaria, quel giorno sprigionò una musica che poco si addiceva a come si sentiva Thalìa.

Suonò invece il brano preferito della Regina Eloise, quello che l'orchestra stava suonando alla festa di Carnevale nel momento in cui era avvenuto l'incidente.

Affascinata, Thalìa appoggiò il carillon sopra la calotta di ghiaccio e rimase rapita nell'ascolto di quel pezzo che non aveva mai sentito prima.

«Ma... ma questa... questa è la canzone preferita della mia mamma!» urlò quasi George, nel sentirne il flebile e lontano suono.

Si alzò di colpo e, dopo aver ordinato al cagnolino e a Picchi di seguirlo, si lanciò agitato verso l'uscita del laboratorio!

Anche Jo si era rianimato, e la sua corsa era così veloce che George, non vedendolo più davanti a sé, pensò che fosse già molto più avanti, e non si rese conto che invece, a poco a poco, era diventato sempre più impalpabile fino a svanire nel nulla.

Il ragazzo continuò la sua corsa su, su per le scale e lungo i corridoi, finché non guadagnò l'uscita e si trovò nel parco!

«Mamma!» urlò, vedendo Thalìa di schiena muoversi dolcemente al ritmo della melodia.

Era lei, ne era sicuro!

«Mamma...» disse ancora, toccandole una spalla.

Ma quando Thalìa, stupita e anche un po' spaventata, si girò mostrando il suo volto, fu come se una cascata di acqua gelata lo investisse.

Colto da una rabbia incontenibile, iniziò a urlare contro di lei.

«Viaaaaaaaaaaa!!! Vai... viaaaaaaaaaaaaaaaa!!!!!!!!!!!»

La ragazza, vedendo di fronte a sé quella che sembrava una vera e propria statua di ghiaccio che si muoveva sbracciando e urlando in modo spaventoso, con il volto trasfigurato da una rabbia tanto violenta, ammutolì, indietreggiò, inciampò, cadde... per poi rialzarsi e correre via, rischiando più volte di scivolare e ruzzolare sulla neve.

Nella sua frenetica fuga, non si girò mai finché non si trovò fuori dalla cancellata.

Solo a quel punto si arrestò per prendere fiato.

«E quella cos'era? Una statua di guardia al castello? Uh, che paura! Meglio tornare a casa.»

E, tenendosi il fianco per la fatica, nonostante fosse ancora ansimante, prese la via del paese.

Rimasto da solo, George a poco a poco si calmò e si accorse del carillon.

Lo prese e lo osservò incuriosito, investito da una struggente nostalgia nel momento in cui si avvide della somiglianza tra la statuina e la madre.

Lo azionò di nuovo.

Ne uscì un'altra melodia. Era bellissima, ma per lui molto dolorosa.

Si guardò intorno, come smarrito. Tutto sembrava immobile a diciotto anni prima... persino la torta a piani che aveva fatto preparare per lui sua madre, era ancora lì, conservata dal ghiaccio.

Lo sguardo del ragazzo si fermò sulle statue che raffiguravano la Cuoca e Jaqueline... le due donne sembravano invecchiate. Quella consapevolezza improvvisa lo colpì.

Il tempo era passato, ma lui si era dimenticato di vivere.

Tornò a guardare i suoi genitori e non riuscì più a trattenersi.

Scosso dalle lacrime, si appoggiò alla loro tomba.

«Sono anni che non faccio che pensare a voi. Da quando non ci siete più, sono sprofondato nel nulla... È come se il mio cuore non avesse più battiti, come se la mia anima avesse perso il ritmo. Mi sento solo, tanto solo, ma... non posso continuare così, giusto Mamma? Vero, Papà? No, non più. Devo ricominciare a vivere la mia vita.»

La nuova melodia del carillon, curiosamente molto più alta del normale, raggiunse Thalìa che d'istinto si mise una mano in tasca per constatare che il suo carillon non era lì.

«Oh, no! L'ho lasciato laggiù!... e adesso?!»

Si girò verso il maniero, mordendosi il labbro per la preoccupazione e il disappunto.

Non poteva in alcun modo lasciarlo al castello, era troppo importante per lei! Fece un bel respiro e, con nuova determinazione, tornò indietro.

CAPITOLO 11

Thalìa si avvicinò con precauzione alla cancellata e scrutò il parco alla ricerca del pagliaccio.

Nessuna traccia.

Si fece coraggio ed entrò.

All'erta, si avvicinò al punto in cui si trovava la calotta di ghiaccio.

Lui era ancora lì, piegato sulla tomba dei genitori.

Cercando di non fare rumore, la ragazza si nascose dietro un albero e si soffermò a osservarlo con più attenzione.

Aveva uno sguardo tanto malinconico che... *Magari non è così cattivo come sembra...* pensò; e, fatto un bel respiro, uscì allo scoperto.

Il rumore dei suoi passi scosse l'attenzione di George.

Alzò brusco la testa e l'apostrofò, duro:

«Cosa ci fai ancora qui?! Ti avevo detto di andartene!»

Questa volta Thalìa non indietreggiò, anzi.

Cauta ma decisa, gli si avvicinò, indicando con lo sguardo il carillon che lui aveva riappoggiato sulla calotta di ghiaccio.

«Quello è mio, me lo riprendo...» disse, facendo un passo verso il giocattolo.

George la anticipò, afferrandolo, e le sorrise beffardo.

«Può davvero essere tua una cosa che si trova a casa mia?»

Thalìa non se lo aspettava e iniziò a innervosirsi.

«Che ragionamento insensato! Anche io mi trovo qui, ma non sono mica una vostra proprietà!»

«Dici?... o forse è proprio così?!»

Era stato minaccioso al punto, che Thalìa iniziò a non essere più molto sicura di sé. D'istinto, cambiò strategia.

«Andiamo, cercate di essere ragionevole. Voglio solo il mio carillon, poi me ne andrò e non mi rivedrete più... Ve lo prometto!»

George se lo rigirò tra le mani.

«Perché ti interessa tanto? Non è che un giocattolo…»

La ragazza soppesò le parole.

«Non è un comune carillon, ha qualcosa di diverso… Si potrebbe dire che è *cresciuto* con me.»

«In che senso?» le chiese incuriosito.

«Vedete la bambolina che contiene?» continuò lei. «Mi assomiglia molto, non trovate? … Ecco… è sempre stato così! Ero una bambina in fasce ed era una bambina in fasce, avevo sette anni e aveva sette anni… e così via.»

«Non è che un trucco. Probabilmente qualcuno la sostituisce a seconda dell'età che hai, per regalarti questa illusione.»

«Non è così. Anche io, in passato, ci ho pensato; proprio per questo ho cercato di smontarlo mille volte! Ma non c'è niente da fare. Questo carillon è un blocco unico. Nessuno sostituisce quella bambolina, cresce e si cambia da sé… e… c'è dell'altro… anche la sua musica non è mai la stessa, cambia in base al mio umore!»

George la guardava scettico.

«Vorresti dirmi che questo carillon è magico?»

«Non lo so... forse. Lo regalò a mia madre una sua cara amica poco prima che io nascessi. È tanto importante questo giocattolo per la mia mamma, ancor di più lo è per me. Ve ne prego, restituitemelo.»

«Non so. Non ne hai avuto alcuna cura, abbandonandolo qui.»

«Cosa state dicendo?! Se voi non mi aveste spaventata a morte, non l'avrei mai lasciato qui!» urlò, adesso arrabbiata, la ragazza.

«Non c'è bisogno di infuriarsi così tanto. Va bene, eccotelo... ma non tornare più.»

«Statene certo!» rispose allungando le mani per prenderlo... ma non appena sfiorò il pagliaccio, un brivido la investì.

Con esso, in lei sopraggiunse una rinnovata calma.

«Ma voi... tutto così coperto di ghiaccio... non avete freddo?»

Lo guardo di George divenne duro e impenetrabile.

«Mantieni la tua promessa e vattene.»

Il principe si volse e si addentrò nel fitto degli alberi.

Thalìa rimase a osservarlo ancora un poco, poi andò via.

Da lontano, dietro a dei cespugli, due paia di occhi azzurri, scrutavano i suoi passi.

Seduto su un alto ramo d'abete, ben nascosto dalle fronde, anche George la guardava. Era attirato da lei e, suo malgrado, sorrideva.

Che bizzarra che era, e che strane emozioni gli faceva provare! Un po' di timore, forse, sì... nostalgia e ... un fortissimo desiderio di conoscerla e di ... *abbracciarla.* Abbracciarla? Santi Numi! Come gli fosse balenato quel pensiero per la testa era per lui un vero mistero, eppure il cuore non la smetteva più di martellargli nel petto!

"Ma come potrei mai farlo?... Se la stringessi a me, gelerebbe ..." pensò con una punta di tristezza, abbracciandosi il corpo da solo.

In quel momento, come se gli avesse letto nella mente, uno scoiattolino gli saltò in braccio, gli si strofinò addosso squittendo allegro e gli diede una leccatina sul volto, invitandolo a giocare.

"Sembra che questo scoiattolo non senta freddo..." notò, sorpreso.

Da quel frangente, l'umore del Principe cambiò, e una speranza nuova si fece spazio dentro di lui.

In fondo, se era riuscito a sopravvivere tutti quegli anni in una spiaggia deserta e, alla fine, in qualche modo, era stato in grado di ritornare a casa... *forse* anche la segreta speranza che adesso celava nel cuore di poter incontrare nuovamente quella fanciulla e di avvicinarsi a lei ... e magari, col tempo, di *amarla*... amarla diventando con lei una cosa sola, come lo erano stati la sua mamma e il suo papà... *forse*... anche se l'aveva vista solo per pochi istanti, anche se la semplice idea gli sembrava folle... non era poi così impossibile che si potesse realizzare!

George scese dall'albero e iniziò a correre e a saltare sulla neve, giocando con lo scoiattolo e tutti gli altri animaletti del bosco finché, stremato e soddisfatto, non si sdraiò sul bianco e luminoso prato, abbandonandosi a un sonno ristoratore.

E sognò... come non ricordava di aver più fatto fin dall'infanzia...

C'era quella ragazza bionda che aveva visto poco prima e c'era lui, per la prima volta dopo tanti anni in abiti normali. Si rincorrevano sui prati. Erano così divertiti e ridevano, ridevano, nascondendosi tra cumuli di foglie o dietro a immensi tronchi d'albero, per poi ritrovarsi e riprendere il loro gioco sfrenato. Mentre correvano, il mondo intorno a loro iniziò a perdere i contorni, e si ritrovarono a giocare tra stelle e pianeti.

Una corrente d'aria, solida come un sentiero, passò vicino a loro. Si diedero la mano e vi saltarono sopra! La corrente li trasportò attraverso valli e corsi d'acqua, tra montagne innevate e spiagge assolate, per poi appoggiarli con delicatezza sopra una sconfinata distesa erbosa. Era così colorata di fiori sgargianti e così piena di animali di ogni specie... coccinelle che volavano insieme a grandi e variopinte farfalle, fili d'erba che si intrecciavano, e loro due, ancora mano nella mano, che si esibivano in una buffa danza per poi rotolarsi nell'erba, rialzarsi d'improvviso e riprendere a rincorrersi!

George, arrivati in prossimità di un masso maestoso, vi si arrampicò e vi si sedette come un Re sul suo trono; dopodiché porse la mano alla fanciulla. Lei accolse l'invito e si sedette vicino a lui, solenne, come se fosse la sua Regina.

Allora due uccellini posero sui loro capi due delicate corone di fiori.

I ragazzi si guardarono intensamente per un attimo. Poi, colti da un leggero e timido imbarazzo, saltarono insieme giù dal masso e ripresero la loro corsa, finché non si fermarono l'uno di fronte all'altra, ansanti e con una divertita aria di sfida.

George scattò verso un pino.

«Scommetto che arrivo prima io all'albero!» urlò.

Le gote arrossate, la ragazza corse ancora più veloce e cercò si superarlo.

«No, io!!!»

La gara era partita ed era sfrenata!

Durante la corsa tornarono a essere due bambini di sette anni o poco più, e l'eccitazione del gioco aumentò ancora.

«Io, io!» urlò George.

«No, io!» lo rimbeccò lei.

Arrivarono nello stesso istante. Ansimanti. E abbracciarono l'albero forte, tornando a essere adulti.

Si guardarono intensamente negli occhi, così tanto che George, un po' impacciato, provò a sfiorarle il viso. Ma lei non glielo permise e, ridendo, si mise di nuovo a correre.

«Al lago! Questa volta vinco io!»

George accettò la sfida e la seguì, correndo all'impazzata per raggiungerla.

Ma lei era così lontana da sembrare irraggiungibile.

A George prese il panico.

Aumentò quindi la velocità... finché, quando ormai pensava di non avere più fiato e che non l'avrebbe mai più raggiunta, la rivide.

Stava danzando a piedi nudi sull'erba, insieme a due simpatici scoiattolini che ogni tanto le salivano addosso, facendola ridere come non mai.

George, rasserenato e col cuore che danzava, la guardava magato.

La sua risata era una cascata d'acqua cristallina; i suoi occhi, stelle luminose; i capelli, una cascata d'oro puro.

Fece per raggiungerla, ma non appena lei lo vide riprese la sua corsa scatenata. Di nuovo, lui la seguì.

Quando fu sul punto di afferrarla, inciampò, cadendo su di lei, e i due ragazzi finirono per rotolare giù per un pendio erboso.

Mentre sciami di farfalle e soffici soffioni riempivano l'aria, si ritrovarono abbracciati uno sopra l'altro, a guardarsi con i volti arrossati e gli sguardi languidi.

George si alzò e tese la mano alla ragazza per aiutarla a rialzarsi; poi le si avvicinò. I loro sguardi erano come incantati, i loro occhi luccicavano d'amore.

A poco a poco, sentendo il cuore balzargli quasi fuori dal petto, George avvicinò le labbra a quelle di lei.

Le guance di entrambi arrossirono violentemente e si baciarono.

George si svegliò con il respiro affannato e le guance imporporate.

"Quale sarà il suo nome?" si chiese.

Poi si alzò e, con lo stomaco piacevolmente in trambusto, tornò verso casa.

Dietro di lui un po' di neve incantata si sciolse, e un ciuffo d'erba fresca fece capolino.

CAPITOLO 12

Anne e Louis, seduti al tavolo della cucina, erano intenti a sorseggiare un piatto di minestra calda, ma era tanta la preoccupazione che avevano che quasi non ne sentivano il sapore.

«Sono tornata!» annunciò Thalìa, entrando in quel momento in casa.

I suoi genitori si guardarono, sollevati ma adesso molto arrabbiati.

Louis si alzò, e non appena la figlia entrò in cucina, le si piantò di fronte guardandola minaccioso.

«Dove sei stata?» le chiese duro.

Thalìa abbassò lo sguardo.

«Ci hanno chiamati da scuola dicendo che oggi non sei proprio entrata ...» incalzò Anne. «Grazie al Cielo stai bene! Spiegaci, cos'avevi di tanto urgente da fare da non poter andare?»

La ragazzina, mantenendo lo sguardo basso, si sedette al suo posto senza dire una parola.

«Allora?!»

Louis, perdendo la pazienza, diede un pugno sul tavolo tanto forte da far sobbalzare i piatti.

La minestra si sparse un po' ovunque e Thalìa alzò timidamente lo sguardo su di lui.

«… Al castello…» rispose.

Se prima Louis era solo arrabbiato, adesso il suo volto divenne paonazzo.

«Lo sapevo io! È l'ora di finirla con quel castello! Molto bene, allora; visto che non capisci, fine della libertà! Da oggi in poi, tu, da sola, non esci più se non per andare a scuola! E saremo io o tua madre ad accompagnarti ogni volta!»

Thalìa era incredula.

Trovava quel provvedimento così ingiusto, che abbandonò ogni titubanza e sfidò il padre guardandolo dritto negli occhi.

«Ma perché?!» strillò, alzandosi in piedi.

«Perché lo dico io! E siediti subito!»

«Perché lo dici tu? Dovrebbe bastarmi?» urlò ancora più forte lei, senza obbedire.

Anne, che fino a quel momento aveva preferito rimanere in disparte, si alzò a sua volta e si rivolse adirata verso la figlia.

«Finiscila! Porta rispetto a tuo padre, ragazzina!»

Thalìa, capendo che nemmeno la madre era dalla sua parte, delusa si sgonfiò come un palloncino e si sedette di nuovo.

«Ma...» provò a replicare.

«Silenzio! Non hai proprio ritegno per il tuo comportamento sconsiderato?! Saltare la scuola, disobbedire, andare al castello e per finire rivolgerti così a tuo padre! Sei senza rispetto! ... Chiedi scusa a tuo padre e a me!»

«Scusate...» rispose.

Si sentiva come se la madre le avesse tirato un potente schiaffo, così tacque e intinse con poca convinzione il cucchiaio nel piatto.

La fame però era poca, mentre i ricordi di quella mattina e la voglia di condividerli erano prepotenti. Così, tutto d'un fiato, disse: «Ho conosciuto il pagliaccio di ghiaccio.»

Louis, che nel frattempo si era seduto, per poco non cadde dalla sedia.

«Chi?»

«Un giovane che vive nel castello. È vestito da pagliaccio ed è... come se fosse interamente ricoperto di ghiaccio. Ma questo non è possibile, vero? ...» chiese più a sé stessa che a loro.

Ad Anne cadde rumorosamente il cucchiaio dalle mani e si volse a guardare il marito.

Erano entrambi così sconvolti che ogni traccia di colore aveva abbandonato i loro volti.

La figlia se ne avvide.

«Mamma, papà... vi prego, ho bisogno di sapere. Chi è quel ragazzo? Perché siete così spaventati dall'idea che io vada al castello? Cos'è tutto questo mistero intorno a quel posto?»

«Ora basta Thalìa» la redarguì Louis ritrovando la voce.

«No, non basta affatto! Lì c'era anche una... una tomba! Anche quella era di ghiaccio e dentro... dentro c'era una donna così simile a me che mi ha sconvolto! ... Mamma... sei veramente mia madre o... o sono la figlia di quella donna?»

Thalìa non se ne era avveduta prima, ma quel pensiero la stava tormentando a tal punto che quell'ultima domanda le era uscita con voce rotta.

Anne si affrettò a rassicurarla.

«Amore mio... ma cosa dici? No, affatto. Tu sei mia figlia, la mia adorata e disubbidiente bambina...! Eloise non è la tua mamma, io la sono.»

La abbracciò forte e Thalìa sembrò calmarsi un poco.

«Ti prego mamma, raccontami di lei.»

Anne sospirò, rendendosi conto che ormai era arrivato il momento di farlo, e si apprestò a metterla al corrente dell'intera storia.

«D'accordo.»

«Anne, no» tentò di fermarla il marito, ma ormai lei aveva deciso.

Gli mise una mano su una delle sue e gliela strinse rassicurante.

«Sì Louis, è ora che sappia. In fondo, non c'è niente di male.»

«Oh beh» brontolò lui contrariato, «tanto fai sempre come ti pare. Ma se poi succede qualcosa di brutto, io non ne voglio sapere niente. Intesi?!»

«Qualcosa di brutto?... Che significa?» chiese Thalìa senza capire.

«Niente, tuo padre è sempre il solito catastrofista. La Regina Eloise era troppo buona perché qualcosa di brutto possa essere collegato a lei ma...»

Anne si bloccò, immersa nei ricordi di quel terribile giorno.

«Ma cosa?» incalzò Thalìa, facendola tornare in sé.

«Beh... la mattina successiva al giorno in cui Eloise e Alexander morirono, accadde un fatto così strano che... Si alzò una corrente d'aria... gelida. Non qui al paese, solo al castello. Era come... intrisa di neve e, in pochi minuti, forse... forse secondi, non lo so nemmeno io... ricoprì tutto il castello e i suoi abitanti di ghiaccio! Questo scatenò le fantasie di tutti noi e alimentò nei più una grande paura. Senza contare quanto Evilia calcò la mano.»

«Evilia, sempre la stessa... Ma come accadde? Cosa causò un fatto simile?»

«Nessuno lo sa... ma è stato terribile. Io ed Eloise eravamo come sorelle, sai? Era così piena di vita, sempre allegra, generosa con tutti... non vedeva l'ora che tu nascessi! Mancavano ancora tre mesi ma mi regalò il carillon dicendo che voleva che fosse il tuo primo regalo... e che ti avrebbe portato fortuna... Ha insistito così tanto perché lo prendessi il giorno della festa! ... Mi sono sempre chiesta se lei sapesse, se si sentisse che la sua vita era giunta al termine... e credo che in qualche modo ti protegga, perché ogni giorno che passa sei sempre più simile a lei. Ed è così bello e così strano vederti crescere, per me è quasi come se non se ne fosse mai andata...»

Thalìa era rimasta molto colpita dalle parole di Anne, voleva saperne di più.

«Di preciso, cosa successe quel giorno?»

Questa volta fu Louis a parlare.

«Successe che...»

George, accortosi che Jo non era da nessuna parte, aveva messo a soqquadro il castello per cercarlo, e non avendolo trovato all'interno, si era dato alla perlustrazione del parco.

Picchi lo seguiva come a volerlo aiutare.

«Ora tu mi devi spiegare dove si è cacciato. Mica può essere svanito nel nulla, no?»

L'uccellino si mise a cinguettare allegro e, fischiando, si posò sul ramo di un albero.

George lo guardò un po' prima di sedersi con le spalle appoggiate al tronco.

Era amareggiato, gli mancava il suo piccolo e vivace amico peloso.

«Ma sì, Picchi, hai ragione. Tornerà.»

«... e questo è tutto», concluse Louis.

Da curiosa, adesso Thalìa era perplessa.

«Non capisco. Tanto mistero per una cosa simile? E poi, se anche in passato ci fosse stata una qualche energia respingente come mi avete raccontato, adesso non c'è più. Io sono entrata senza problemi, il cancello era aperto.»

«Veramente?» chiesero stupiti i suoi genitori.

«Sì... veramente. E sapete cosa penso?»

«Cosa?» chiese Anne.

«Penso che... con tutto il rispetto, eh?... Voi e gli altri adulti del paese dovreste vergognarvi.»

«Cosa?» saltò su Louis.

Thalìa non si scompose.

«Sì, dovreste proprio. Volevate così bene ai vostri Sovrani, e avete lasciato che un bambino di sei anni... sei anni!... affrontasse un dolore simile, *da solo*?! È un miracolo che non sia morto anche lui.»

Louis e Anne provarono un forte senso di disagio.

«Ormai il Principe George è grande... però... però...

... ma certo! Come ho fatto a non pensarci prima?!» esclamò eccitata.

«A cosa?» chiese Anne.

«Tutto è cominciato con quella festa, giusto?»

«Giusto» confermò Louis.

«Quindi... forse... se noi organizzassimo al castello un'altra festa come quella, potremmo riuscire a rompere l'incanto... e magari George...»

«... potrebbe tornare come prima!» terminò Anne, infervorata.

«Esatto!»

«Voi due vaneggiate, è impossibile!» esclamò Louis, tentando di riportarle alla realtà.

«Forse, papà, ma se non proviamo non lo scopriremo mai! Mi darete una mano? Mamma, ti prego; papà, dai!»

Louis si soffermò per un attimo a riflettere.

«Hai detto che l'energia respingente non c'è più...» disse guardando Anne, mentre Thalìa annuiva convinta e aspettava fremente.

«Allora, tutto sommato... credo che si possa fare. Abbiamo solo da guadagnarci e, per mal che vada, al massimo rimarrà tutto così.»

Anne sorrise e si volse verso la figlia.

«Sì tesoro, siamo con te!»

Thalìa, raggiante, li abbracciò d'impulso.

«Che bello, grazie! Siete straordinari!»

CAPITOLO 13

Il giorno dopo, all'uscita da scuola, Thalìa non perse tempo e mise subito al corrente i suoi compagni di classe dell'idea che le era venuta. Tuttavia, nessuno le diede retta.

Pensare di fare una festa di carnevale in quel luogo stregato era già di per sé una cosa assurda, ma addirittura credere che, dopo tanti anni, il Principe George fosse ancora vivo, sembrava la panzana del secolo!

«Vi dico che è vero!» provò a insistere lei. «Adesso si riesce a entrare nel parco del castello, io ci sono stata! E il Principe... è ricoperto di ghiaccio, ma è vivo!»

«Certo, certo, come dici tu» la schernì Francis, che in tanti anni non aveva mai migliorato il suo carattere. «Andiamo ragazzi, questa è fuori di testa. A domani!»

«È vero, vi dico! Accidenti, non sono matta!»

Per quanto provasse a ribattere, gli altri le passarono tutti ai lati, lasciandola da sola e inascoltata.

Solo due compagne si fermarono: Danielle ed Estrella.

«E così... il Principe George è ancora vivo... Incredibile...» esordì Danielle.

Thalìa si illuminò.

«Sì, è incredibile davvero! Ma è proprio così!» rispose infervorata.

«E... com'è? Ho sentito dire che fosse un bambino molto bello... e che il Re e la Regina lo fossero altrettanto» si informò Estrella.

«Beh... li ho visti nella loro tomba e... erano più che belli. Lui è... sicuramente molto alto. Bello, credo anche, non saprei... è così ricoperto di ghiaccio che è difficile a dirsi. Però mi è sembrato bello, sì.»

Le due ragazze si guardarono e fecero un cenno d'assenso.

«Senti, per noi va bene. Anzi, se ti va, oggi pomeriggio potremmo andare al magazzino che papà ha nella montagna» propose Danielle.

Thalìa subito si incuriosì.

«A fare cosa?»

«Lì mio padre conserva i cibi che poi vende nel negozio di alimentari. Gli parlo appena arrivo a casa e, se è d'accordo, possiamo andare a prendere qualcosa di sfizioso per la festa!»

«Che bella idea, Danielle, sì! E al ritorno potremmo passare da casa mia!» propose Estrella. «Io ho una vera passione per luci e festoni, ne ho un sacco! Danielle li ha visti molte volte e li conosce, ma mi piacerebbe farli vedere anche a te, Thalìa! Sono sicura che troverai qualcosa che ti piace!»

Thalìa era stupefatta.

Non era mai stata molto amica di Danielle ed Estrella, erano così diverse da lei che le era sempre stato difficile legare con loro. Adesso, tuttavia, il fatto che volessero partecipare all'organizzazione e ci tenessero a contribuire in quel modo, era fantastico! Avrebbe reso le cose molto più semplici e avrebbe ridotto di molto i tempi di preparazione. Inoltre, a partire dal giorno successivo, il loro appoggio le avrebbe dato l'opportunità di convincere il resto dei compagni di scuola.

«Oh, ragazze, grazie! Non vedo l'ora! Allora d'accordo, se tuo padre accetta, Danielle, vediamoci in piazza dopo pranzo!» esclamò raggiante.

«Sì, ma a parte papà non diciamo a nessuno dove andremo oggi, d'accordo? Anche a lui dirò di tenere il segreto, così faremo una sorpresa a tutti!» disse Danielle. «Mani!»

Le tre compagne allungarono la mano l'una verso le altre, come a suggellare il patto.

«Eeeeeeee...» continuò Danielle tirando in su il braccio come a lanciare per aria le tre mani, «il patto è fatto!»

«È fatto!» ripeterono in coro Thalìa ed Estrella.

Poi si allontanarono, ognuna in direzione della propria casa. Thalìa, come sempre, di corsa.

Quella stessa mattina, anche Anne e Louis si erano dati da fare per coinvolgere gli altri abitanti di Iontach.

Anne al lavatoio, Louis da Fred il fornaio, avevano catturato l'attenzione di molti.

Il più entusiasta era stato Fred che, da sempre, pensava che Thalìa avesse una marcia in più.

«Ci sto perbacco, eccome se ci sto! Quella ragazzina è geniale! E penso che il suo piano potrebbe funzionare per davvero!... La parte difficile sarà convincere quell'ammasso di testoni che vivono in questo paese! Ma ce la faremo, non è vero?» esclamò appoggiando una mano infarinata sulla spalla di Louis e scoppiando a ridere. «Vi darò una mano io!» annunciò.

In quel momento, Anne con altre sei, sette donne, entrarono nella bottega.

«Anche noi!» comunicarono.

Non ci misero molto a organizzarsi e, dopo non molto, ognuno aveva dato il via alla sua opera di convincimento; Fred dei propri clienti, Louis, Anne e le altre, di ogni amico e conoscente incontrato per la strada.

In poche ore, a Iontach, non c'era anima viva che non fosse a conoscenza del piano di Thalìa.

Era ormai pomeriggio inoltrato.

Le tre ragazze, già da un paio di ore, stavano marciando di buona lena verso la montagna dove il papà di Danielle aveva il magazzino.

A piedi, la strada era molto più lunga di quanto si fossero aspettate e, Danielle ed Estrella, che non erano abituate a correre di continuo avanti e indietro come Thalìa, erano già stanche.

Estrella, ansimante, si fermò per un attimo a prendere fiato.

«Danielle, ci vuole ancora molto?!» chiese ansante.

Danielle la prese per mano e, esternando una forza e un'energia che non aveva, la trascinò.

«Ma no, è che dovresti iniziare ad allenarti un po'! Su, vieni. Thalìa, non correre, aspettaci!» la richiamò affrettando con fatica il passo per raggiungerla. «Guarda Thalìa come è in forma! E muoviti...!»

Estrella, affatto contenta, cercò di accontentare l'amica e di allungare il passo, ma non sentiva più le gambe.

«Vedrai che troveremo tutto quello che può servire per una festa meravigliosa! Papà ha detto che c'è un sacco di merce freschissima nel magazzino, arrivata proprio stamattina!» disse ancora Danielle a Thalìa, cercando di fare conversazione per allungare i tempi e prendere un po' di fiato.

Lei la guardò con un sorriso luminoso.

«Grazie, Danielle! Mamma e papà mi hanno detto che sono riusciti a convincere un sacco di persone, non vedo davvero l'ora di iniziare i preparativi! Sarà fantastico!»

«Sì... fantastico...» bofonchiò Estrella che aveva ormai l'entusiasmo sotto i piedi. «... Ma non sarà un po' esagerato fare una festa del genere per uno che non conosciamo nemmeno? Cioè... sarà pure un Principe, ma per noi è un estraneo, no?»

«Non è *un* Principe, è il *nostro* Principe! Quindi non è affatto un estraneo. Smettila di dire sciocchezze e allunga il passo!» la zittì Danielle.

Thalìa sorrise e si fermò davanti alle altre.

«Forza Estrella, fai ancora un piccolo sforzo, ci siamo quasi. E poi, sai... prima di essere un Principe, è un ragazzo poco più grande di noi. E i suoi occhi erano così tristi quando l'ho visto… credo che abbia proprio bisogno di una sferzata di allegria! Una festa è davvero quello che ci vuole, ne sono sempre più sicura!»

«E noi gliene prepareremo una indimenticabile!» dichiarò Danielle.

«Sì sì…» annuì poco convinta Estrella, col fiatone.

Thalìa la prese sottobraccio per sostenerla.

«Avanti allora, in marciaaaaa!!!» esclamò allegra e, tutte insieme, ripresero il cammino.

Giunsero infine davanti all'ingresso della grotta indicata da Danielle.

«Com'è buio lì dentro, prendiamo i ceri» suggerì Thalìa.

Le ragazze, aperti gli zaini, presero ceri e fiammiferi e li accesero. Con la strada adesso illuminata, entrarono. Era così umido che Thalìa ebbe un brivido di freddo. Si fermò e, puntando il cero nelle diverse direzioni, si guardò intorno.

«È molto buio qui, ci sono un sacco di cunicoli. Sei sicura di riuscire a trovare l'ingresso del magazzino, Danielle?» chiese Thalìa.

«Certo, ci sono stata mille volte, non ti preoccupare. È lì in fondo, ci sbrigheremo in un attimo. Seguitemi.»

Le ragazze, ceri alla mano, si avviarono lungo una galleria ricca di stalattiti e stalagmiti. Il rumore delle gocce d'acqua che cadevano dalla parte alta della roccia cadenzava i loro passi, rimbombando nel silenzio.

«Fate attenzione a dove camminate» raccomandò Danielle facendo strada. «Ci siamo quasi... eccoci».

Thalìa la guardò perplessa.

«Eccoci... dove? Qui c'è solo roccia, dove sarebbe il magazzino?»

«Sotto i tuoi piedi. Guarda.»

Danielle abbassò il suo cero a rischiarare un punto del pavimento roccioso. Lì c'era una botola di legno robusto con sopra un grosso anello di metallo, fermato da un chiavistello di ferro.

«E noi dovremmo scendere la sotto?... Ma tu sei pazza, io non ci penso proprio!» dichiarò Estrella.

«Ma... se non scendiamo saremo venute qui per niente» ragionò Thalìa.

«Infatti, un pomeriggio buttato...» disse contrariata Danielle.

«Non sarà così. Dai, apri, sono molto curiosa!» disse Thalìa.

Il volto di Danielle si rallegrò.

Aiutata dalle altre, che tenevano il suo cero per lei, fece scorrere il chiavistello, poi afferrò l'anello di ferro e iniziò a tirare per aprire.

Nonostante tentasse di usare tutte le sue forze, non ci riuscì.

«Uuuhhhmmm... cavoli, quanto è pesante! Non ce la faccio! E pensare che papà lo solleva in un secondo» si lamentò ansimando.

«Fai provare me» le propose con gentilezza Thalìa.

Danielle si scostò, respirando con affanno, e lasciò il posto alla ragazza, che riuscì a tirare l'anello e ad aprire la botola senza difficoltà.

«Ecco, non era difficile» la rincuorò, gentilmente. «Vuoi scendere prima tu?»

«Oh no, non ci vedo molto bene e, lo ammetto, non sono agile come te. È meglio se fai strada tu» le rispose Danielle.

«Va bene, seguitemi.»

Facendosi luce col cero, scese lungo la scala ma, non appena la sua testa scomparve, Danielle si lanciò veloce sulla botola, la chiuse con un tonfo secco e tirò il chiavistello, bloccandola.

Thalìa, accortasi di quanto accaduto, si sentì prendere dall'ansia.

«Ragazze, che fate?! Aprite, non c'è aria qui sotto!!! Non sono scherzi da fare questi, non è divertente! Aprite!!! Aprite!»

La voce era giunta ovattata a Danielle ed Estrella.

«Ma sei sicura, Dani? Cioè... non è proprio una buona idea, no? E se poi sta male? Se poi... *muore*?! Oh, ti prego, no, no, dai no, facciamola uscire, forza.»

Da sotto arrivavano le urla di Thalìa che, in lacrime, stava battendo i pugni contro la botola.

Danielle era fuori controllo dall'eccitazione, aveva raggiunto il suo scopo.

«Ma speriamo che muoia! Se il Cielo ce lo concede, che la saremo finalmente tolta dai piedi. Forza, andiamo!»

«Danielle, ma cosa dici! In fondo che male ci ha mai fatto, eh? Dai, non fare così. Ha ragione lei, non è divertente. E mi devi dare una mano, perché io non ce la farò mai ad aprire da sola quella botola!»

Danielle la guardò, gelida.

«Vuoi finirci anche tu là sotto?»

Lo disse con un tono così mefistofelico e serio che Estrella, per la prima volta da quando la conosceva, non ebbe il coraggio di ribattere e ne ebbe paura.

Danielle, approfittando dell'esitazione dell'amica, le afferrò una mano e iniziò a trascinarla fuori dalla grotta.

«Andiamo! E fai solo quello che ti dico io come avevamo stabilito se non vuoi fare la sua stessa fine!

CAPITOLO 14

Thalìa, immersa in un buio fitto rischiarato solo dalla fioca luce del suo cero, stava continuando a picchiare con forza contro il legno della botola.

«Aprite! Aprite! Non lasciatemi qui!» urlò, scoppiando in un pianto disperato. «Non lasciatemi qui...»

Non era tipo da arrendersi senza combattere; così, dopo essersi calmata un poco, si asciugò le lacrime e cercò un'uscita.

Ma non c'era.

Si trovava in una piccolissima nicchia vuota dal soffitto basso, senza altre aperture a parte la botola.

Non appena se ne avvide si sentì mancare l'aria, e iniziò a respirare affannosamente nel tentativo di immagazzinarne il più possibile.

«Devo calmarmi... o... tra poco... l'aria finirà e morirò qui... soffocata. Speriamo che Papà e Mamma mi trovino... Mamma, Papà, aiuto... aiutoooooooo!!!»

La ragazza udì sconfortata il rimbombo della sua voce che echeggiava in quel luogo deserto, e tacque.

Nessuno l'avrebbe mai sentita.

Stremata dalla lunga camminata e dalla paura, si appoggiò alla parete di roccia e si strinse tra le braccia.

«Fa freddo... tanto freddo...»

Iniziò a tremare.

Danielle ed Estrella correvano in direzione del paese; Estrella facendo resistenza per far tornare indietro Danielle, quest'ultima trascinandola con forza in avanti.

«Danielle, fermati!» urlò a un certo punto Estrella. «Là sotto non si respira! Non posso credere che tu voglia davvero che Thalìa muoia! Smettila con questa assurdità e torniamo indietro!»

Danielle reagì male.

Tirò fuori un coltellino che aveva in tasca e le si avventò contro.

«La devi finire!!! E vedi di stare zitta e di non raccontare niente a nessuno, o giuro che ti faccio davvero fare la stessa fine!»

La lama ferì il collo di Estrella tanto da farla sanguinare. A quel punto, terrorizzata, scelse di collaborare.

Danielle le diede uno strattone ancora più forte e, senza curarsi della stanchezza dell'amica, la obbligò a correre a una velocità serrata.

In paese c'era grande agitazione.

Ormai tutti gli abitanti erano stati coinvolti nei preparativi della festa, persino quelli più restii, e così, per le vie, uomini, donne, bambini e ragazzi si stavano dando un gran da fare per preparare festoni, cibarie e illuminazioni.

Sedute su una panchina, Anne e zia Beth stavano stilando la lista delle pietanze che avrebbero proposto, mentre Louis, Fred e gli altri uomini, srotolavano innumerevoli festoni ed enormi bobine di luminarie.

Anne, distratta dalle risate di Fred e Louis, distolse l'attenzione dalla lista e si guardò intorno compiaciuta.

«Quanto tempo che non si sentiva più ridere per le strade... sembra di essere tornati indietro di un sacco di anni, vero Beth?»

Beth annuì sorridendo.

«Tua figlia è proprio come lei...»

«Già... E mi piacerebbe proprio sapere dove si è cacciata! Aveva detto che sarebbe andata a fare un giro con le sue amiche, ma ormai è buio. Non ha mai fatto tanto tardi.»

«Arriverà presto vedrai, allo stomaco non si comanda» disse Beth, scoppiando a ridere.

Anne si unì di gusto alla risata.

Fu proprio in quel momento che, di corsa, ansimando e piangendo, arrivarono Danielle ed Estrella, che arrancarono stravolte fin davanti ad Anne.

Accorgendosi dello strano quanto rumoroso arrivo delle due ragazze, tutti si girarono a guardare e ogni brusio tacque.

«Signora Anne, Signora Anne, presto! Thalìa...!»

«Non dovrebbe essere insieme a voi?!» chiese agitata.

Subito Louis la raggiunse.

«È successo qualcosa a nostra figlia?»

Estrella scoppiò a piangere.

«N... non... non lo sappiamo» singhiozzò, sentendosi morire dentro. «Era con noi ma...»

Danielle non la lasciò continuare.

«... ma si è allontanata all'improvviso e non l'abbiamo più vista! Abbiamo provato a cercarla ovunque!» disse, guardando Estrella per avere sostegno.

«... ma non siamo riuscite a trovarla» concluse singhiozzando lei.

Gli abitanti di Iontach, nel sentire queste parole, entrarono nel panico.

Avevano iniziato a fare i preparativi per la festa al castello e proprio la ragazza che l'aveva promossa era scomparsa. Non poteva che essere colpa della stregoneria che anni prima aveva ghiacciato tutto!

«Fatela finita!» sbottò a un certo punto Louis. Poi si rivolse alle ragazze. «Dove eravate? Dov'è che si è allontanata ed è scomparsa?»

Danielle rispose pronta, insospettabile.

«Dalle parti del mare. Volevamo approfittare del bel pomeriggio di oggi per fare una gita, così ci siamo fatte portare fino a lì da una famiglia col carretto. Andava tutto bene, finché...»

Danielle si esibì in un pianto tanto straziante che Anne la abbracciò.

«Su, su, non fare così, la troveremo! Louis, prendiamo il nostro calesse e andiamo! Chi viene con noi?»

«Io!» si offrì subito Beth.

«Perbacco, anch'io!», disse Fred.

Anche la merciaia Gretel si unì.

Louis annuì e si volse verso i suoi compaesani.

«Aiutateci tutti. Più saremo e più possibilità avremo!»

Dal fondo del vicolo, scansata da tutti, si fece avanti Evilia.

Era davvero anziana ormai, gobba e di brutto aspetto e il suo vizio di vedere stregonerie ovunque non era passato.

«Non avrete nessuna possibilità invece» gracchiò, allungando la mano rugosa ad afferrare il braccio di Anne. «Non la troverete mai più... e se mai ci riuscirete, la maledizione cadrà sul nostro paese per sempre. Questa volta, diventeremo tutti statue di ghiaccio!»

Nella folla iniziò a serpeggiare il forte timore che il pensiero della vecchia potesse corrispondere alla verità, ma Anne non si lasciò spaventare e, con uno strattone, si liberò.

«E lasciami stare, brutta strega! È solo a causa tua se la gente ha creduto per tanti anni a così tante fandonie! Non lascerò da sola mia figlia, come ho accettato di fare col Principe George! Sono stata veramente una stupida a darti ascolto! Andiamo, Louis, non perdiamo altro tempo!»

Anne, Louis, Fred, Beth e Gretel si allontanarono sotto gli sguardi preoccupati dei presenti.

Evilia alzò il suo bastone in aria e, mulinandolo, si mise a cantare sguaiatamente con un tono cupo, accompagnando le sue parole con una danza propiziatoria.

«No no no, così non va, guai e sventura questa storia porterà! Restiamo qua, sempre qua e la sfortuna non ci attaccherà!» continuava a ripetere.

Come sotto l'effetto di un incantesimo, la folla si unì al canto e alla danza della vecchia signora.

CAPITOLO 15

Quando il calesse guidato da Louis giunse in prossimità della Marina di Iontach, l'alba era sorta già da un po'.

Le stradine, strette e tutte uguali tra loro, si stavano riempiendo di chiassosi pescatori appena rientrati dal lavoro notturno e di clienti in cerca dei pesci più grossi e gustosi.

Al porto, Louis tirò con decisione le redini dei suoi due cavalli.

Anne, senza nemmeno aspettare che si fossero fermati del tutto, si lanciò giù dal carretto e, agitata, si volse agli altri.

«Dividiamoci, la troveremo più in fretta!» stabilì, mentre fremeva nel vedere il marito che legava i cavalli all'abbeveratoio. «Ci rivediamo qui ai dodici tocchi della campana.»

Gli amici assentirono e ognuno prese una direzione diversa.

Beth, Gretel, Fred, Louis ed Anne non si risparmiarono, andando a cercare informazioni ovunque.

Salirono persino su alcune navi mercantili pronte a salpare.

Nonostante la fatica, di Thalìa non trovarono alcuna traccia; sembrava che nessuno l'avesse mai vista.

«Siamo sicuri di cercare nel posto giusto?» chiese Louis quando, a mezzogiorno, si trovarono di nuovo tutti insieme nel luogo concordato. «Forse abbiamo fatto un errore di valutazione. È vero che le ragazze sono state qui, ma non significa per forza che Thalìa abbia deciso di tornare proprio al porto. Magari, quando si è separata dalle sue amiche, è andata da un'altra parte.»

«Perbacco, è vero!» esclamò Fred. «Ma...se fosse così, dove mai potrebbe essersi cacciata?»

«Al castello?» propose Gretel. «Magari è andata a trovare il Principe George per dirgli della festa.»

«No, non ha senso. Thalìa vuole fargli una sorpresa, non l'avrebbe mai fatto» osservò Anne.

«Torniamo indietro. Con tutta probabilità è già rientrata» disse pragmatica Beth.

«Speriamo» sospirò Anne, con gli occhi lucidi. «Mi sembra di morire. Ma *perché* si è allontanata?!»

Louis la abbracciò.

«Amore, calmati. Vedrai che Beth ha ragione, in questo momento sarà a casa a chiedersi dove siamo noi, eh? Sbrighiamoci a tornare piuttosto; ci vorrà un bel po'.»

Anne, un po' più rincuorata, salì sul carro.

Il cero era ormai quasi del tutto spento e la sua debole fiamma lanciava ombre inquietanti sulla parete.

Thalìa aveva pianto così tanto e cercato con tanta forza di abbattere la botola, che era stremata. Appoggiata alla parete della grotta, le labbra livide dal freddo e le membra rigide per l'umidità, era atterrita dalla paura di morire senza che nessuno la trovasse mai più.

«M...m... mamma...» singhiozzò, tremando.

Con le poche forze che ancora aveva, tirò fuori il carillon dalla tasca del vestito e lo accese.

La musica che ne uscì era struggente e spaventosa a un tempo.

La ragazza, seguendo il ritmo della melodia, cercò di rimanere vigile canticchiandola.

George aveva ormai perlustrato il castello in lungo e il largo, all'interno, all'esterno e poi ancora all'interno. Del piccolo Jo non c'era traccia, ma non intendeva darsi per vinto: l'avrebbe trovato!

Pensando che potesse essere tornato indietro e che magari fosse rimasto chiuso nel laboratorio di sua madre, decise di cercare anche lì.

«Jo? Jo, dove sei? Forza, esci fuori!!! Si può sapere dove ti sei cacciato?» ripeteva senza sosta.

Mentre ispezionava ogni angolo, un suono giunse alle sue orecchie. Era molto debole all'inizio ma, a poco a poco, si intensificò sempre di più: era la musica del carillon.

«Ma questo...»

Il suono perveniva cupo, carico di inquietudine e sembrava strascicarsi debolmente.

A George vennero in mente le parole della ragazza... *"anche la sua musica non è mai la stessa, cambia in base al mio umore."*

Qualcosa non andava, doveva essere in pericolo!

E, se davvero era così, lui doveva aiutarla!

Dimentico del cagnolino, George corse fuori dal laboratorio.

Thalìa, allo stremo, chiuse gli occhi. La sua testa si riversò di lato.

La musica del carillon seguiva George senza sosta, ma era sempre più debole.

Il ragazzo, nel tentativo di capire da dove provenisse, arrivò frettoloso al cancello.

Fece per attraversarlo, ma una forza invisibile e molto potente lo scaraventò indietro, sbattendolo a terra. Non si arrese. Si rialzò e ci riprovò, instancabile, più e più volte... Il risultato era sempre lo stesso.

All'ennesimo fallimento, gli venne un'idea.

Lasciò perdere il cancello e corse verso il bosco, lanciando un fischio acuto.

Quando Louis e gli altri giunsero in vista di Iontach, le luci delle finestre erano ormai tutte accese e le strade erano pressoché deserte.

Il rimbombo delle ruote sul selciato, tuttavia, fece uscire fuori dalle case molti abitanti, tra cui Evilia.

Una donna, vedendo che Thalìa non era sul calesse, si volse preoccupata verso Anne.

«Non siete riusciti a trovarla?!»

«... quindi non è rientrata...» rispose con voce instabile Anne.

La donna scosse il capo.

Anne si sentì girare la testa ed ebbe un mancamento. Louis la soccorse al volo.

«Anne, Anne, forza...»

Lei aprì lentamente gli occhi e lo guardò, vacua.

«Come faremo senza Thalìa, Louis...?» mormorò, sull'orlo di una crisi di pianto.

«Non scherzare! La troveremo!»

Fred prese il polso della situazione.

«Gente, uscite tutti! Abbiamo bisogno dell'aiuto di ognuno! Bisogna trovare Thalìa e riportarla a casa!»

«Riportarla a casa... la magia del castello è...» provò a dire Evilia, ma Gretel la zittì in malo modo.

«Oooh, stai zitta una buona volta! Thalìa non è che una ragazzina ed è scomparsa! Dobbiamo cercarla, non andare dietro alle tue sciocche superstizioni!»

«Superstizioni che da sempre condanno» proclamò Padre Angelo, accorso a sua volta. «Forza, dunque, diamoci una mossa! Anche tu, mamma!» aggiunse rivolgendosi proprio a Evilia.

Lei sospirò contrariata ma, per la prima volta, annuì.

«Va bene, va bene» bofonchiò. «Non ne uscirà niente di buono, ma vi aiuterò anch'io. Forza allora, organizziamoci!»

CAPITOLO 16

Gli abitanti di Iontach avevano accolto il grido di aiuto, e da subito si era creato grande fermento.

Danielle ed Estrella, ognuna dalla finestra della propria camera, attente a non farsi vedere, osservavano quanto stava accadendo.

Danielle, agitata e fuori di sé, non sapeva più cosa volesse per davvero. Non credeva che Thalìa avrebbe davvero potuto morire come le aveva detto Estrella, e d'altronde, per lei, che non aveva mai vissuto la morte, il pensiero che potesse succedere sul serio era un'immagine astratta, lontana. Quello che sapeva è che la detestava, perché aveva tutto ciò che lei non aveva mai potuto avere, e voleva fargliela pagare!

Estrella, al contrario, avrebbe voluto correre in strada e urlare ad alta voce dove si trovava Thalìa. Tuttavia, il pensiero del coltellino che Danielle le aveva puntato alla gola e dei suoi occhi folli la frenava.

Così, si limitava a guardare, a pregare e ad augurarsi che, tra tutti, la trovassero in fretta.

Per strada, c'era chi si stava impegnando a svegliare i pochi compaesani che stavano già dormendo e chi aveva già iniziato a organizzare cavalli e calessi.

Padre Angelo prese il comando della situazione.

«Verso il mare, Louis e gli altri non hanno trovato nulla. Esploriamo la campagna e, se non basta, spingiamoci verso le montagne!» urlò. Poi si rivolse a Louis. «Tu ed Anne è bene che restiate qui a riposare un po', siete troppo provati.»

Louis, vedendo che Anne non si era ancora ripresa del tutto, acconsentì.

Torce accese alle mani, gli uomini di Iontach uscirono dal paese al galoppo.

Le donne più anziane, intanto, si erano radunate in piazza e, in cerchio, guardavano Evilia, impegnata a mescolare un liquido dentro a un calderone.

La vecchia iniziò a borbottare qualcosa a bassa voce, dimenandosi in modo sempre più vigoroso. Il vapore si alzò in aria mostrando i volti di due lupi bianchi dai magnetici occhi azzurri.

Mentre le donne lanciavano un urlo atterrito, Evilia li guardava affascinata.

I due lupi, in quel momento si trovavano al cospetto di George.

Erano creature gigantesche dall'aspetto solenne e antico, e lo guardavano con grande compostezza.

Lui, stagliato dinanzi a loro, vi si rivolse con rispettosa urgenza.

«Anime protettrici di questo maniero, ho bisogno di voi! Voi, che tutto sapete e tutto vedete, conoscete di certo la fanciulla giunta fin qui pochi giorni fa. Ho la certezza che sia in pericolo. L'incanto che mi lega al castello non mi permette di uscire per salvarla. Fatelo voi per me, ve ne prego. Portatela in salvo a qualsiasi costo! Io vi guiderò con la mente.»

I due lupi annusarono l'aria e, poco dopo, ululandarono al vento.

Diedero poi un leggero tocco di muso a George e corsero fuori dal cancello.

Il Principe si soffermò a guardarli ansioso, poi si sedette sotto un albero in meditazione.

Concentrandosi sulla melodia, ormai quasi spenta, che ancora sentiva provenire dal carillon, pensò alla ragazza che gli aveva catturato il cuore. Dopo poco la sua anima si staccò dal corpo e si lanciò nella direzione da cui sentiva provenire la richiesta d'aiuto, per guidare i lupi.

I lupi correvano veloci attraverso la campagna, nella mente il volto di Thalìa, nelle orecchie la musica del carillon che George continuava a trasmettergli.

Thalìa giaceva a terra nella grotta ormai quasi del tutto buia.

Sembrava stesse dormendo ma, d'improvviso, le sue membra si immobilizzarono e la sua anima si staccò dal corpo.

Si guardò intorno, cercando di capire cosa stesse succedendo.

Quando vide il suo corpo riverso a terra, capì che non aveva molto tempo per ritornarvi: doveva fare presto!

Si avvicinò alla scala, salì e attraversò la botola in cerca di aiuto.

Non sapeva come sarebbe riuscita a comunicare con qualcuno in quella veste, ma percepiva una forte energia nell'aria e aveva fiducia nel credere che avrebbe trovato un modo.

I due lupi, come se avessero percepito la sua presenza eterea, salirono su un'alta collina e si fermarono.

Dopo essersi guardati attorno, ulularono all'unisono e si lanciarono giù per la discesa erbosa, prendendo la direzione delle montagne e attraversando, in una corsa senza sosta, valli, boschi, laghi e colline.

Mentre l'anima candida e brillante di Thalìa vagava come un alito di vento sopra di loro, quella di George si dirigeva sempre più sicura verso la grotta, guidata dall'urgenza di trovare quella giovane donna così simile alla madre, che gli faceva provare sentimenti tanto sconosciuti e intensi.

Mentre Thalìa vagava nell'aere in cerca di aiuto, quattro fiammelle azzurre le apparvero in lontananza.

Attirata, si avvicinò, ma non appena i due lupi le si materializzarono davanti, si spaventò al punto da scappare nella direzione opposta.

George, che aveva percepito la sua paura, si affrettò ancor di più. Corpo e anima della ragazza si trovavano però in due luoghi diversi adesso, e le due sensazioni che George percepiva iniziavano a essere del tutto distaccate: il corpo freddo e inerte; l'anima agitata e inquieta. Il ragazzo fu invaso dal panico.

In fretta, doveva fare in fretta!

Ma lei doveva essersi allontanata troppo dal luogo in cui si trovava il corpo, e lui non riusciva più a trovarla... avrebbe davvero potuto salvarla?

Thalìa si sentiva smarrita.

In quella nuova veste, non riconosceva la strada per il paese e la sensazione di essere sola e persa nel nulla non la aiutava affatto.

Inoltre, non poteva saperlo, ma nel suo avanzare veloce e senza meta, si stava allontanando sempre di più da George.

«Dove seiiiiiiii???» urlò George con quanto fiato aveva.

L'eco della sua voce raggiunse Thalìa, che si bloccò nell'aria e si girò d'improvviso.

Era dietro di lei, ne era sicura! E sembrava proprio quella del Principe!

«Qui! Sono quiiiiii!!!» urlò a sua volta, sconvolta ma, per la prima volta, colma di speranza.

Impaziente, corse nella direzione della voce.

Anche George iniziò a correre.

I due lupi bianchi arrivarono alla grotta e vi entrarono.

Nello stesso momento, i due ragazzi si ritrovarono, a distanza, l'uno di fronte all'altra.

Lentamente, col cuore sopraffatto dalle emozioni, si avvicinarono, e George tese una mano a Thalìa.

«Stai tranquilla, va tutto bene. Non sei più sola, ci sono io con te.»

Lei afferrò la sua mano. Lui, tirandola a sé, la abbracciò con tenerezza, come a proteggere un tesoro prezioso.

Non appena la strinse, gli fu tutto più chiaro. Adesso sapeva dove portarla.

La prese per mano e la condusse con sé.

Annusando l'aria, i lupi erano ormai arrivati sopra alla botola ed erano tornati ad avere il loro aspetto naturale. Mugolando forte per far capire alla ragazza che erano lì, grattarono il pavimento.

In quel frangente, le anime di George e Thalìa entrarono insieme nella grotta.

Non appena furono vicini ai lupi, il ragazzo si avvide dell'apprensione che lei provava.

«Non avere paura, vogliono aiutarti.»

Lei si volse a guardarlo come a cercare ulteriore conferma, e lui le sorrise incoraggiante.

«Devo andare adesso» disse Thalìa.

Lui le lasciò la mano.

CAPITOLO 17

Thalìa, sentendo il raspare degli artigli e i versi dei lupi, aprì debolmente gli occhi e, con lentezza ma rinnovata speranza, alzò il volto verso la botola.

«Aiuto... non respiro più...» mormorò, ormai allo stremo.

Poi svenne.

I lupi, accorgendosene, uscirono di corsa dalla grotta.

Adesso l'obiettivo non era più trovare la ragazza, ma trovare qualcuno che la facesse uscire di lì!

In luoghi della campagna del tutto distanti da dove si trovava Thalìa, gli uomini del paese, illuminati solo dalle loro torce, continuavano a cercarla senza sosta, ma inutilmente.

«Thalìa, Thalìaaa!!!»

«Thalìa rispondi!»

«Abbiamo cercato ovunque, qui non c'è!» decretò Padre Angelo per poi, con un balzo, saltare di nuovo a cavallo.

«Non possiamo fermarci, continuiamo! Cambiamo posto, la troveremo!»

Lo spronò e partì al galoppo.

Tutti gli altri lo seguirono.

Nel paese addormentato, solo la luce della cameretta di Thalìa era accesa.

Anne, seduta sul letto in lacrime, tormentava senza sosta il peluche preferito della figlia, mentre Louis guardava fuori dalla finestra, addolorato e impotente.

«Anne... dobbiamo avere fiducia. La troveranno, vedrai.»

Lei non disse nulla ma, poco dopo, si asciugò con stizza gli occhi e lo raggiunse.

«Louis, io non ce la faccio a stare qui ad aspettare ancora, ci siamo riposati fin troppo! È nostra figlia, dobbiamo andare a cercarla noi!»

«È notte fonda Anne...»

«Appunto!» urlò lei, fuori di sé. «Immagina come deve sentirsi! Non è che una ragazzina, e sono quasi due giorni che manca da casa! Può esserle successa qualsiasi cosa e noi siamo qui ad aspettare! Non ha senso! Basta, tu fai come credi, io vado!»

«Anne, dove vai da sola? Fermati. Aspettiamo l'alba e andiamo insieme.»

Louis tentò di fermarla prendendola per un braccio, ma Anne lo respinse in malo modo.

«Lasciami! Non aspetto nessuna alba, vado adesso!»

In quel momento, un forte raspare proveniente dall'ingresso distolse la loro attenzione. Si guardarono; Anne si illuminò.

«Che sia lei?» disse, correndo giù per le scale.

Il marito la seguì.

Anne spalancò la porta.

«Thalìa!»

Davanti a lei e a Louis c'erano i due lupi.

L'uomo afferrò subito un bastone e fece per mettersi davanti alla moglie...

«Attenta Anne, potrebbero essere pericolosi!»

... ma i lupi fecero qualcosa di imprevedibile; si inchinarono davanti a loro, come a volerli rassicurare.

Poi li fissarono negli occhi.

Comprendendo il timore della donna e dell'uomo, gli si avvicinarono solo un poco, quindi corsero verso la strada e si fermarono a guardarli.

Non vedendo alcuna reazione, tornarono verso di loro e li scrutarono, cercando di infondere negli umani un senso di tranquillità.

«Vogliono che li seguiamo» disse Anne.

Louis annuì.

«Prendiamo i cavalli!»

I pochi abitanti che non erano andati alla ricerca di Thalìa, attirati dal rumore, uscirono assonnati dalle loro case.

Un uomo anziano col berretto da notte in testa si fermò davanti al cavallo di Louis.

«Che succede? L'avete trovata?»

«Forse. I lupi vogliono che li seguiamo!»

In quel momento, da un portone si affacciò la vecchia Evilia.

«I lupi bianchi sanno sempre la strada» confermò con grande solennità.

«Se è così, veniamo anche noi. Dormire, pensando a vostra figlia persa non si sa dove, è impossibile! Forza, gente!» decise l'uomo col berretto.

Gli altri presenti accolsero la proposta, e così, chi a cavallo, chi sul carretto, un altro corposo gruppo di persone partì in fretta, illuminato da grosse torce.

Davanti a loro, i lupi li guidavano.

L'ultima parte della notte passò in una corsa sfrenata in direzione della catena montuosa di Iontach.

All'alba, i lupi si fermarono davanti alla grotta e ululavano; era chiaro che volevano essere seguiti all'interno.

Anne e Louis, senza tentennare, scesero di corsa dai loro cavalli, accesero due torce ed entrarono.

Gli altri fecero lo stesso.

Arrivati sopra alla botola, i lupi grattarono il legno. Anne, agitata, si inginocchiò veloce, porgendo la torcia a Louis.

«Tienila!... Thalìa... Thalìa?! Sei lì sotto, amore?»

«Aspetta Anne, spostati!» le disse Louis.

L'uomo fece saltare il chiavistello e tirò forte l'anello, spalancando la botola.

Sotto era così buio che si vedeva solo uno scalino di pietra che scendeva. Nessun suono, solo un gocciare ritmico d'acqua.

«Thalìa! Thalìa!» urlò Anne.

«Ci sei, piccola?» le fece eco Louis.

Ancora silenzio.

I due lupi si fecero strada tra i genitori della ragazza e scesero sotto.

«Scendo con loro!» disse subito Louis.

«Vengo anch'io» si aggiunse Anne, ma il marito la fermò.

«No, fammi prima controllare che non sia pericoloso.»

Torcia ben salda alla mano, Louis scese.

«... La vedi?» chiese subito Anne.

«Non ancora, è troppo buio! Aspetta!»

Appena arrivati con il gruppo di Padre Angelo, sopraggiunsero, di corsa e affannati, Fred e Gretel.

«Allora?» chiese Fred, sgomitando in mezzo alle altre persone.

Anne li guardò preoccupata, senza dire una parola. Era pallida.

Gretel la abbracciò forte.

«Andrà tutto bene.»

Arrivato in fondo alle scale, Louis percepì il rumore dei lupi che leccavano qualcosa.

Volse la torcia in direzione del rumore e finalmente la vide!

La sua bambina era lì, svenuta, e i lupi stavano tentando di rianimarla leccandola.

Louis si lanciò su di lei, e i due animali si scostarono per farlo passare.

«Thalìa! Amore, amore, rispondi!!!»

Provò a scuoterla, ma non dava alcun segno di riprendersi.

«... Anne, è qui! La porto su!» disse, prendendo la figlia in braccio.

Poi si volse ai lupi, che lo guardavano fisso.

«Grazie.»

Loro abbassarono lievemente il capo, come ad annuire.

Quando Louis, seguito dai lupi, uscì finalmente dalla botola, Anne si avvicinò subito alla figlia ma, sentendola tanto fredda e vedendola così immobile, andò subito nel panico.

«È morta» urlò piangendo. «È morta!!!»

Già la gente stava iniziando a bisbigliare, sgomenta.

Louis, che ne aveva sentito il seppur flebile respiro, si premurò di rassicurare subito la moglie e i compaesani.

«Non è morta, ma è svenuta ed è ghiacciata. Bisogna metterla al caldo. Datemi qualcosa da mettere per terra, presto!»

Fred si tolse il suo pesante mantello e lo distese, in modo che l'amico potesse adagiarci la ragazza.

Anne si inginocchiò per accomodarle il capo sulle proprie ginocchia e Gretel la coprì con il proprio mantello.

I due lupi si avvicinarono, si inchinarono ad Anne, e uno dei due le leccò una lacrima dal volto, come a rassicurarla.

La donna li guardò, stupita e abbattuta allo stesso tempo, appena prima di vedere che quello che aveva leccato lei stava ora leccando il volto della figlia, mentre, in contemporanea, l'altro le si era sdraiato sul corpo per scaldarla.

Un uomo della prima spedizione, che nulla sapeva, arrivò di corsa brandendo un pugnale.

«Attenti a quelle bestie!» urlò. «Potrebbero sbranarla!»

Fred gli afferrò il polso e gli fece cadere il pugnale a terra.

«Non dire sciocchezze, perbacco! Se non fosse stato per loro la staremmo ancora cercando! I lupi ci hanno aiutato a trovarla e adesso la stanno scaldando. Sta buono e lasciali fare!»

Gli animali, del tutto incuranti di quello che era appena accaduto, continuarono a leccare il volto di Thalìa che, a poco a poco, aprì gli occhi.

Solo allora si fecero da parte e guardarono Anne e Louis in modo eloquente, come a volergliela affidare.

«D... dove... sono?» chiese debolmente Thalìa.

Anne la abbracciò di slancio.

«Al sicuro piccola mia, al sicuro!»

«Ma... come mi avete trovata?»

«Grazie a loro!» disse Anne entusiasta indicando il punto in cui fino a pochi istanti prima si trovavano i due lupi.

Di loro, non c'era più alcuna traccia.

Nel parco del castello, George aprì gli occhi sollevato. Thalìa, questo aveva scoperto essere il suo nome, era salva.

CAPITOLO 18

Quella mattina, all'ingresso di Thalìa e delle persone andate alla sua ricerca nella piazzetta centrale del paese, tutti gli abitanti rimasti ad aspettare applaudirono con gioia e le campane iniziarono a suonare a gran festa!

Louis smontò da cavallo e prese in braccio la figlia, ancora debole. Poi lui, Anne e Padre Angelo si guardarono con un cenno di assenso.

Mentre Louis portava a casa Thalìa, Anne, molto seria, avanzò verso il centro della piazza e salì sugli scalini della fontana per farsi vedere meglio.

A quel punto si rivolse a tutti gli astanti.

«Sì, sì, basta, non ce n'è bisogno, potete smettere di applaudire».

Le sue parole vennero accolte, e gli applausi si affievolirono fino a cessare.

«Ci tengo a ringraziare tutti coloro che si sono spesi per aiutarci, ma la questione non può finire qui. Quando siamo arrivati, Thalìa era quasi in fin di vita. Se l'avessimo trovata solo pochi minuti dopo... no, non voglio pensarci.»

La voce di Anne adesso tremava, al punto che dovette chiudere gli occhi e fare un respiro profondo. Poi alzò lo sguardo.

«Dove sono Estrella e Danielle? Voglio sentire cos'hanno da dire!» esclamò perentoria.

Padre Angelo le si affiancò.

«È giusto. Fatele venire avanti.»

Dalla folla si fecero strada i genitori di Danielle ed Estrella, le figlie pavidamente nascoste alle loro spalle.

«Cosa significa, Anne?» le chiese la mamma di Danielle.

«Thalìa è andata via e si è persa il giorno della loro gita al mare. Cosa c'entrano le nostre figlie?» si unì la madre di Estrella.

Anne le guardò, sardonica.

«Oh, *se* fosse vero, niente. Peccato, però, che non sia andata così... dico bene ragazze? Le vostre figlie, con la scusa di prendere del cibo per la festa, hanno attirato

Thalìa fino alla vecchia Grotta dei Magazzini, quella che ormai nessuno usa più da anni per via della troppa umidità, avete presente?! E l'hanno rinchiusa con l'inganno sotto a uno di quelli sotterranei, sostenendo che era quello del padre di Danielle! Poi, come se non bastasse, sono tornate gridando "alla scomparsa" e ci hanno volutamente depistato, mandandoci fino alla Marina e facendoci perdere tempo prezioso! Mia figlia stava per morire assiderata e soffocata a causa loro, ecco cosa c'entrano!»

Un silenzio attonito accolse le sue parole.

Il padre di Danielle si volse verso la figlia e la sua amica, incredulo, deluso, arrabbiato.

«Che cosa avete fatto voi due?! Poteva veramente morire!!! Quei magazzini sono bassi, stretti, freddi, senz'aria! Ma come vi è venuta in mente una cosa simile?! Come!!!»

Danielle taceva, a occhi bassi.

«I...io... io lo avevo detto che non era una buona idea...» balbettò Estrella, con gli occhi lucidi.

Sua madre le tirò uno schiaffo tanto forte da lasciarle i segni delle dita sul viso.

«Taci! Pensi davvero di avere meno colpe per questo? Avresti potuto dire la verità a me e a tuo padre mille volte da quando sei tornata, avresti potuto facilitare le ricerche e aiutare la tua compagna! Invece te ne sei ben guardata! Mi vergogno di essere tua madre!» la investì.

Estrella, scioccata dallo schiaffo e da quelle parole così dure, non riuscì più a tacere.

«Sei ingiusta! Io non ho mai voluto uccidere Thalìa e ho provato più e più volte a far ragionare Danielle per tornare indietro! Ma lei mi ha puntato un coltello alla gola, ha minacciato di uccidermi!!! Guarda!... Ho ancora il segno! ... Cos'avrei dovuto fare? Farmi ammazzare? Sarebbe stato meglio forse?!? ... Sarebbe stato meglio.»

La madre di Estrella, di fronte alle parole della figlia e alla ferita che mostrava sul collo, ammutolì.

La ragazza continuò, rivolgendosi ad Anne e all'intera comunità.

«So di aver sbagliato, e per questo voglio chiedere scusa a tutti. È vero; arrivata a casa, avrei potuto raccontare tutta la verità ai miei genitori e invece non l'ho fatto. Mi spiace tanto, Anne, tantissimo... ma non sapevo come fare. Ho avuto davvero paura... ne ho anche adesso.»

Suo padre, protettivo, la abbracciò.

Estrella, sentendosi adesso al sicuro, si volse verso Danielle; l'amica però, aveva gli occhi fissi a terra.

«Se le cose stanno davvero così, mi pare evidente che l'unica vera colpevole sia tu, Danielle» valutò Padre Angelo.

«Ma perché tanto accanimento?» chiese Anne sul punto di scoppiare in lacrime. «Cosa ti ha fatto di male Thalìa per farti arrivare a tanto? Cercare di uccidere lei, minacciare con un coltello Estrella... perché?!»

«È diversa...» rispose Danielle, alzando finalmente lo sguardo. «Lei non è come noi, non è come me! Lei sogna in grande e sembra che le vada sempre tutto bene! Ride, scherza, gioca tutto il giorno! E mette in discussione il fatto che io, Estrella e altre compagne vogliamo sposarci presto e lavorare nelle attività dei nostri genitori! Ma cos'altro possiamo fare noi? Veramente potremmo fare *le piratesse* come dice lei? Veramente potremmo viaggiare per il mondo e scegliere di seguire i nostri sogni? NO! Perché a noi nessuno ha mai permesso di essere libere di fare quello che ci pare!»

«Che cosa stai dicendo?!» la interruppe suo padre.

«La verità! Quante volte ti ho detto che vorrei fare la stilista e trasferirmi nel Regno di Yaskà!?! Ma non posso! Perché tu hai sempre detto che sono la tua unica figlia e che devo portare avanti il negozio di alimenti!!! E a me non importa niente dei tuoi prosciutti! Io li odio! E allora, se io non posso scegliere per la mia vita, allora nemmeno lei può! Nemmeno lei!!!» urlò, ormai isterica e in lacrime la ragazza.

Il padre non sapeva più che dire, la madre nemmeno.

«Ed Estrella cosa c'entrava...» si limitò a chiederle Anne, temendo la risposta.

«Niente. Solo che, in quel momento, non volevo che mandasse all'aria il mio piano.»

Tutti, la guardarono attoniti.

Fu Padre Angelo a spezzare quell'ormai insostenibile silenzio.

«Danielle... è vero. Thalìa è diversa da te e da Estrella. Così come lo è da me, e da tutti gli abitanti di questo paese e del mondo. Ma hai mai pensato che anche tu sei diversa rispetto a lei e a tutti gli altri? Vi conosco da quando siete piccole e la vostra diversità e proprio quello che amo in ognuna di voi. Essere diversi dagli altri è la più grande ricchezza che si possa avere, e far loro del male, arrivare addirittura a uccidere, o a minacciare di morte qualcuno, non è la soluzione ai problemi. Se hai un obiettivo, devi fare di tutto per raggiungerlo, impegnandoti e facendoti spingere dalle tue aspirazioni e dal tuo talento. Se davvero desideri diventare una stilista, e non riesci a convincere tuo padre a farti continuare gli studi per diventarlo, chiedi aiuto alla comunità, chiedi aiuto a me! Io sono qui apposta per aiutare ognuno di voi, una soluzione si può sempre trovare! Non è sbagliato chiedere aiuto; è invece profondamente sbagliato scaricare la tua frustrazione su un'altra persona. Riesci a capirlo? Ti rendi conto di cosa hai fatto?»

Danielle annuì.

«Raggiungi Anne e chiedi scusa.»

La ragazza, imbarazzata, si fece strada attraverso la folla e salì gli scalini affiancando Estrella.

«Scusatemi tutti quanti...» disse Danielle a voce così bassa che non era quasi possibile sentirla.

«Non ho sentito, vergogna di questo paese!» urlò Evilia. «Alza quella voce come hai fatto prima!»

«Scusatemi tutti quanti» disse un po' più forte.

«E questo sarebbe alzare la voce?!!!! PIÙ FORTE!!! O ti lego alla fontana a testa in giù e ti ci affogo con le mie mani!» urlò ancora la vecchia, con occhi di fuoco.

«*Mamma....!*» disse, a bassa voce, Padre Angelo.

Lei, per tutta risposta, lo guardò come a fulminarlo, e il figlio tacque.

Danielle, scossa da singhiozzi insostenibili, gridò quasi strozzandosi.

«Mi dispiace, non avrei dovuto! Scusatemi, per favore! Chiedo scusa!»

Le scuse forzate di Danielle, tuttavia, non avevano convinto per davvero il popolo di Iontach. Molti erano ancora turbati da quanto accaduto. Sapere che una delle ragazze del paese era stata sul punto di morire per una stupida presa di posizione, era davvero troppo grave.

«Io non ti scuso, non ci riesco» affermò lapidario Fred, ergendosi in mezzo alla folla con la sua voce profonda. «Thalìa poteva morire, non può risolversi tutto con delle semplici scuse!!! Padre Angelo, chiedo che Danielle provi sulla sua pelle quello che ha fatto subire alla compagna. Voglio che venga rinchiusa in una delle prigioni più umide, fredde e buie che abbiamo, e che non venga liberata fin quando non avrà veramente compreso la gravità di quello che ha fatto! Solo in quel momento accetterò le sue scuse!»

Danielle era rimasta annichilita; che una simile proposta arrivasse dal buon Fred, fu per lei come prendere un pugno nello stomaco.

Le parole dell'uomo non caddero inascoltate. Persino i barboni del paese, quello che amava bere e quello che di solito rideva e scherzava sempre, gli diedero man forte.

Anche loro avevano partecipato alla ricerca e, quel giorno, erano sobri come non lo erano mai stati.

«Fred ha ragione!» dissero all'unisono.

Urla di approvazione da parte della folla si unirono a loro.

Padre Angelo alzò un braccio per zittirle e si volse ad Anne.

«Cosa ne pensi?»

«Non lo so… non riesco a pensare in questo momento…» disse Anne.

«E voi?» chiese allora ai genitori di Danielle.

Marito e moglie si guardarono; erano d'accordo.

«Nostra figlia ha fatto un errore molto grave, lo deve capire fino in fondo» disse il padre di Danielle per entrambi.

«Se questa è la vostra decisione…»

Padre Angelo fece un cenno a due guardie vestite con una divisa nera.

Queste afferrarono con decisione la ragazza che, ancora incredula, si mise a scalciare e a urlare.

«No, nooooo!!! Per favore, non mandatemi in prigione! Ho capito, non volevo! Mamma, papà, vi prego!» urlò Danielle.

Il padre la guardava deluso, incapace di parlare.

La madre aveva gli occhi lucidi, ma era irremovibile.

Le due guardie fecero salire a forza la giovane prigioniera su una carrozza munita di grate.

Uno dei due entrò all'interno insieme a lei; l'altro si mise a cassetta, spronò i cavalli e partì.

Danielle tentò ancora una volta di urlare aiuto e supplicare pietà, ma venne in malo modo afferrata e rimessa seduta dalla guardia.

Non appena la carrozza si allontanò, un ragazzo si avvicinò ad Anne.

Si trattava di Simon, quel bimbo ormai cresciuto che un tempo era stato il migliore amico del Principe George.

«Ho una proposta» le disse.

Lei gli sorrise, incoraggiante.

Simon salì al suo fianco, si volse verso i presenti e, dopo averli guardati uno alla volta, esordì.

«Tutto è iniziato perché Thalìa voleva organizzare la festa per il Principe e.... ecco... visto quanto è successo, credo che sarebbe un bel regalo per lei se riprendessimo i preparativi e la realizzassimo veramente.»

La gente non rispose subito. La proposta non era malvagia in effetti ma...

Fu Evilia a prendere la parola.

«La ragazza è amica dei lupi bianchi. Nulla potrà mai più farci del male! Facciamola!»

Un gruppetto di bambini iniziò a saltare e a gioire.

«Siiii, sono tanto le belle le feste!!! Io mi voglio travestire da orso!!! GROAAAAARRRR!!!» dichiarò uno di loro, imitando in modo buffo il grande animale e facendo ridere molti.

«Sono d'accordo anche io!» disse Gretel.

«E senz'altro io!» dichiarò Fred.

In breve, la folla venne pervasa da un senso di gioiosa eccitazione, e Anne, avvicinandosi a Simon, lo abbracciò con slancio.

«Grazie» gli disse, commossa e felice.

«Dovere. Spero tanto che Thalìa possa avere ragione e che George possa salvarsi. Finalmente posso fare qualcosa per lui.»

CAPITOLO 19

George, nel grande salone delle colazioni, era seduto su quella che un tempo era stata la poltrona del padre. Aveva gli occhi chiusi ed era pensieroso.

"Come starà Thalìa..." si chiedeva.

Non sapeva cosa fosse quello strano calore che sentiva al centro del petto ogni volta che pensava a lei, ma non poteva evitarlo; così come non poteva evitare di desiderare e sperare che quello che c'era stato tra loro, nel sogno che aveva fatto, diventasse realtà.

Adesso, però, era preoccupato.

L'aveva vista così pallida quando era stata ritrovata dai genitori... non era scontato che si fosse già ripresa e questo pensiero gli toglieva il sonno.

L'ululato dei due lupi bianchi lo fece sobbalzare, adesso avrebbe saputo!

Si alzò e corse fuori.

«Allora?» chiese loro affannato non appena li raggiunse.

I due lupi gli girarono intorno dandogli affettuose musatine sul corpo e, davanti al ragazzo, apparve una nube bianca.

Al suo interno, Thalìa era seduta sul letto di quella che doveva essere la sua camera.

Sfoggiava un sorriso radioso e stava abbracciando la madre.

Lo sguardo di George si illuminò.

«Si è ripresa, sta bene! Sta bene!»

Si sentiva euforico come mai!

Grato, accarezzò con vigore il manto dei due maestosi lupi che, dopo un ultimo, solenne e rassicurante sguardo, ululararono e scomparvero nel folto del bosco.

Nel guardarli andar via, George sentì una fitta di malinconia.

«Chissà se potrò mai rivederla...»

Lentamente, rientrò nel castello.

Nella taverna di Iontach, di fronte a una zuppa fumante, i genitori di Danielle e di Estrella stavano rimestando silenziosamente i loro cucchiai nei piatti.

La mamma di Danielle era pensierosa.

Erano ormai passati due giorni da quando la figlia era stata imprigionata, e lei e il marito non ne avevano avuto più notizia.

«Mi spiace molto per quello che Danielle ha fatto a Thalìa e mi scuso con voi per come si è comportata con Estrella, ma... penso che mia figlia non abbia avuto tutti i torti» disse a un certo punto Anja, la madre della ragazza.

Gli altri la fissarono come se fosse impazzita d'improvviso.

«Non guardarmi così, Leonard. Sai bene a cosa mi riferisco!» sbottò rivolgendosi al marito. «È da quando è piccola che tua figlia taglia e cuce vestitini per le bambole e cerca di farti capire cosa vuole veramente! Ma tu no. Padre dispotico e autoritario fin nel midollo! Pensa come debba essersi sentita la nostra bambina per arrivare al punto di odiare una compagna solo perché poteva avere la libertà che tu le hai sempre negato! Dovresti starci tu in carcere, non lei!»

«Certo! Quindi adesso trovi giusto quello che ha fatto?!»

«Non mettermi in bocca parole che non ho mai detto! Non permetterti! Danielle ha sbagliato, e tanto! Ma quello che intendo è che, se lo ha fatto, è tutta colpa tua!»

«Mia, eh? Chi ha detto a nostra figlia che, se non avesse gestito il negozio di alimentari, la sola altra cosa che avrebbe potuto fare sarebbe stata sposarsi con uno dei ragazzi più ricchi del paese e farsi mantenere?! Chi?! Ti sembra meno castrante questo?! Avanti, dì!»

Albert, il padre di Estrella, poggiò una mano su un braccio di Leonard per tentare di calmarlo.

«... Non è il caso. State dando spettacolo.»

Leonard e Anja si guardarono intorno.

Albert aveva ragione.

Avevano tutti smesso di mangiare e li fissavano. Anja diventò paonazza, Leonard si esibì in uno stirato sorriso di circostanza e abbassò gli occhi sul piatto.

«Non ha senso che vi incolpiate così...» disse, calma, Rose, la madre di Estrella. «Avete sbagliato entrambi. Ma sono forse mai nati dei genitori capaci di non sbagliare? Noi sbagliamo in continuazione. La verità è ... che ogni genitore cerca di fare il suo meglio per i propri figli... ma non consideriamo che, nel momento stesso in cui vengono al mondo, non sono già più *nostri*. Hanno le loro personalità, le loro vite ed è giusto che perseguano le loro inclinazioni e inseguano i loro sogni e i loro ideali, non i nostri. Noi ci saremo sempre per loro, ma dobbiamo cercare di farlo come paracaduti silenziosi, non come gabbie dorate.»

Leonard annuì.

«Non voglio che mia figlia sia infelice. E sia! Quando uscirà, le permetterò di andare a studiare moda a Yaskà. Poi starà a lei.»

«Sì... e chissà che magari, in quella grande città, possa trovare un partito ancora migliore di quelli che ci sono qui...» scherzò un po' troppo seriamente Anja.

Gli altri la guardarono. Lei scoppiò a ridere, e il marito e gli amici la seguirono.

Adesso che l'atmosfera si era rasserenata, ripresero a mangiare.

Nelle vie del paese c'era grande fervore.

I preparativi della festa avevano ormai conquistato e coinvolto ogni singolo abitante, persino la recalcitrante Evilia; adesso le risate, i canti e il chiacchiericcio riempivano le strade.

I bambini più piccoli si divertivano a gonfiare palloncini dalle forme strane e a correre da una bottega all'altra, divorando i dolcetti che venivano loro regalati; le donne allestivano i festoni e cucivano i costumi, gli uomini levigavano assi di legno per creare i tavoli dove poggiare il rinfresco, i musicisti provavano e riprovavano musiche infinite e, infine, qua e là, altri bambini e ragazzini erano intenti a giocare.

L'eco lontano della contagiosa ilarità e della musica arrivava fino alla cella dove si trovava Danielle.

Era una stanzetta scarsamente illuminata, piccola e asfittica, molto umida e fredda, silenziosa.

Dentro, c'era solo una panca di legno e un tavolino, nient'altro.

La ragazza, attaccata alle sbarre, tremava in modo convulso.

«F...f...fatemi u...u...uscire... pp...per fff...fff... favore. N...non lo farò più» diceva senza sosta.

Stremata, dopo tanto inutile pregare, si buttò a terra, scoppiando in un pianto irrefrenabile.

Thalìa, nella cucina della panetteria, impegnata com'era a impastare insieme a Fred e ad Anne una quantità industriale di dolci di ogni genere, era sporca di farina da capo a piedi.

«Yuhm... che profumino... i biscotti sono pronti!» disse, notando la doratura nel forno.

Dopo aver battuto le mani tra loro, dando vita a una nuvola di farina che le fece guadagnare un *«Thalìa!!!»* a metà tra l'indignato e il divertito dalla madre e una fragorosa risata da parte di Fred, li sfornò e ne prese subito due.

«Ecco qua!» esclamò soffiandoci sopra e porgendoli. «Sono buoni?»

Anne non poté fare a meno di ridere.

«Thalìa, avanti di questo passo non ne rimarrà più nemmeno uno!»

«Non fare la guastafeste, Anne!» le disse Fred allungando il braccio. «Dà qua, ragazzina!».

Anche Anne prese il suo.

Quando affondarono i denti nei dolcetti, la loro espressione deliziata non lasciò spazio a dubbi.

«Devo stare attento a te, signorina! Finirà che mi rubi il mestiere, perbacco!»

«È vero tesoro, sono speciali.»

«Molto bene allora!» esclamò la ragazza.

Thalìa prese l'intera teglia, ne versò il contenuto in un panno morbido all'interno di un cestino di vimini, lo chiuse bene e poi, di corsa, prese l'uscita della bottega.

«Ehi, dove vai?» le urlò dietro la madre.

«Ve lo dico più tardi, adesso ho da fare!» e sparì in fondo alla strada.

«Sei sicura?»

«Certo che lo sono, Padre Angelo. Sono già passati due giorni, direi che basta e avanza per capire, no? Rischia di sentirsi male, e non voglio che accada.»

I passi dell'uomo e della ragazza rimbombavano lungo i corridoi della prigione.

Quando arrivarono nella zona in cui si trovava Danielle, Padre Angelo fece un cenno alle guardie affinché li facessero entrare.

Loro eseguirono e li scortarono davanti alla cella.

«Danielle...» la chiamò Thalìa.

La prigioniera alzò uno sguardo ironico su di lei.

«Sei venuta a prendermi in giro?»

«Non mi chiamo Danielle» rispose pronta lei, con un sorriso luminoso. «Sono venuta a farti uscire.»

La compagna la guardò incredula.

«Come?... Perché?. Ma... ma non mi odi?»

«No che non ti odio. Mi hanno riferito le tue parole e... ho capito cosa intendessi. Scusami, non pensavo che il mio modo di essere potesse ferirti così tanto. È che è più forte di me, non riesco a non essere come sono! ... E così, guardando le cose solo dal mio punto di vista, a volte agisco in modo superficiale. Mi spiace per come mi sono comportata, non avrei mai pensato di ferirti. Guardie, per favore, potete aprire?»

Le guardie guardarono Padre Angelo che fece loro un cenno di assenso; aprirono.

Danielle uscì e Thalìa, pronta, le mise una coperta calda sulle spalle, poi le porse il cestino con dentro i biscotti.

«Ho pensato che potessi essere infreddolita e avere fame... Ecco, questi sono per te. Sono caldi, sfornati da poco ... e moooolto buoni!»

Danielle prese il cestino e si ritrovò con le lacrime agli occhi, colpita e commossa.

Quel gesto le aveva insegnato più di due giorni in prigione.

Di slancio abbracciò Thalìa.

«Grazie!... E scusami, scusami davvero.»

Danielle, tornata a casa, venne a sapere che, se fosse riuscita a passare quell'anno scolastico, a settembre dell'anno successivo non avrebbe iniziato a lavorare nel negozio del padre e non avrebbe dovuto cercare nessun buon partito da sposare. Invece, sarebbe partita per Yaskà per coronare il suo grande sogno!

Felice come mai nella sua vita, con gli occhi che, per la prima volta da non ricordava quanto, le brillavano di pura gioia, corse a scusarsi con Estrella e, insieme a lei e agli altri compagni di scuola, si unì ai preparativi della festa.

Mentre lo faceva pensava a Thalìa...

In fondo, aveva ragione: davvero ognuno poteva diventare un "pirata" pronto a vivere mille avventure! Quella volta, anche lei era pronta a salpare e a vivere la sua!

CAPITOLO 20

Il sole che stava facendo pigramente capolino all'orizzonte rischiarava il passo agli abitanti di Iontach che, vestiti con i costumi più originali che avevano, stavano salendo su per la collina che conduceva al castello.

Thalìa li guidava emozionata.

Per l'occasione aveva indossato un abito quasi uguale a quello che portava la Regina Eloise alla festa di tanti anni prima. La somiglianza tra loro era così smaccata, quel giorno, che avrebbe potuto essere scambiata per lei, e questo la spaventava un po'.

"... E se George rimanesse male per questa nostra somiglianza? Se mi considerasse una specie di impostora e non volesse vedermi mai più?" ... e a quest'ultimo pensiero lo stomaco le si contraeva dolorosamente.

Ma quando giunsero di fronte al cancello, la mente le si schiarì, e i brutti pensieri lasciarono lo spazio alla voglia di vederlo e di sorprenderlo.

Se tutto fosse andato come avevano stabilito lei e gli abitanti di Iontach, al suo risveglio il Principe avrebbe ritrovato lo stesso giardino colorato, festoso e pieno di luci della festa di un tempo. Avrebbe riascoltato le stesse musiche e provato lo stesso senso di sorpresa.

Era ormai giorno e il cancello era spalancato, come se il castello li attendesse.

Thalìa si accorse che dei bambini stavano per correre chiassosamente dentro al parco.

Veloce, li fermò.

«Bambini aspettate! Facciamo un gioco. Se sarete così bravi e silenziosi da fare in modo che il Principe non si svegli prima di aver allestito ogni cosa, alla fine della festa potrete portarvi via tutti i dolcetti che riuscirete a trasportare!»

«Davvero?» chiese un bimbo di forse quattro anni.

«Certo. Ma dovrete essere molto, *molto* silenziosi. Ci riuscirete?»

«SIII... Eh ehm... *sì.*»

«Bene. Il gioco... inizia... *adesso*...» disse a bassa voce Thalìa. Piano, i bimbi addirittura in punta di piedi, entrarono tutti nel parco innevato.

I preparativi ebbero subito inizio.

I bambini attaccarono piccoli pezzetti di torrone, frutta candita, biscotti e dolcetti di ogni tipo ai cespugli; gli uomini e i ragazzi montarono tavoli, luminarie e festoni; le donne e le ragazze sistemarono tutte le cibarie sui vari tavoli e, infine, l'orchestra si posizionò nel punto prestabilito, sotto la finestra della camera del Principe.

Quando tutto fu pronto e il Direttore d'Orchestra fu sul punto di dare il segnale d'avvio ai musicisti, Thalìa si guardò intorno. Era tutto perfetto.

Fece un delicato cenno della mano al Direttore e questi, con un movimento della bacchetta, diede il via.

Dall'orchestra si levarono le note della sinfonia preferita della Regina Eloise, la stessa che l'Orchestra aveva suonato quella mattina di diciotto anni prima.

George, sprofondato nelle coperte, dormiva profondamente in compagnia del piccolo Picchi, appisolato sul cuscino vicino alla sua fronte.

Non appena nella stanza si diffusero le prime note, Picchi si svegliò e si mise a svolazzare e a cinguettare allegro sulla testa di George.

Lui, ancora mezzo addormentato, tentò di cacciarlo.

«Uhm... Picchi... smettila... fammi dormire ancora un po'...»

Ma si accorse della musica e, stupito, si sedette sul letto.

«Questa musica...»

Il cuore che d'improvviso aveva iniziato a battere a mille, i pensieri confusi ma con un sorriso gioioso e aperto, seguito da Picchi corse fuori dalla camera, lungo i corridoi, giù per le scale, attraverso l'atrio e fuori dal portone!

Il sole lo inondò, facendo brillare i suoi vestiti ghiacciati come l'armatura di un cavaliere.

Gli abitanti di Iontach trattennero il respiro, e la musica si abbassò un poco, fino a spegnersi.

Il Principe si sentì immerso in un'atmosfera irreale.

Davanti a lui c'erano tante persone, tutte vestite con abiti strani e colorati, che lo guardavano.

Alcune sembravano stupite, altre lo salutavano amichevoli con gesti del capo o con la mano, e c'erano tanti bambini che lo guardavano spensierati e carichi di meraviglia.

Nella folla, George riconobbe Anne e Louis che lo fissavano con gli occhi lucidi, e gli parve di vedere Simon, il suo migliore amico di un tempo, sul punto di scoppiare a piangere.

Poi vide lei.

Thalìa era accanto alla calotta di ghiaccio e pareva attenderlo. Lo fissava dritto negli occhi e gli rivolgeva il suo sorriso più luminoso.

Incredulo per la somiglianza con la sua mamma, la gola bloccata dall'emozione, George le si avvicinò.

«Mamma...»

Thalìa avanzò a sua volta.

Con delicatezza, gli prese una mano e gliela appoggiò sul cuore.

«La tua mamma è qui dentro adesso e, con lei, c'è anche il tuo papà.»

George strinse la piccola mano di lei nella sua, poi si volse solennemente a guardare le persone che li circondavano.

Sembrava che tutti volessero incoraggiarlo con lo sguardo a fare qualcosa.

George si volse verso la tomba ghiacciata dei suoi genitori e la baciò.

Una lacrima cadde sul lastrone.

Il ghiaccio, a poco a poco, iniziò a sciogliersi.

Al posto dei due sovrani, fuoriuscirono farfalle coloratissime, belle, luccicanti, che dapprima gli volarono intorno, come a volerlo circondare, e poi presero la via del cielo.

Sotto gli occhi esterrefatti della gente, una fortissima corrente fredda sollevò per aria George, liberandolo dal ghiaccio che lo copriva e poggiandolo delicatamente a terra, adesso vestito da Re.

Anche la spessa coltre di neve sui prati e sugli alberi, e il ghiaccio che ricopriva il castello con i suoi abitanti, scomparvero.

George era incredulo, sbalordito.

Continuava a guardarsi le mani, le braccia, a toccarsi il viso per capire se fosse tutto vero. Buttava lo sguardo su Thalìa che gli sorrideva innamorata, sui presenti che erano sempre più stupiti, e cercava di razionalizzare inutilmente quello che stava accadendo.

Dal portone del castello uscì tutta la servitù di un tempo, impressionata e meravigliata!

Erano tutti invecchiati di diciotto anni, ma erano raggianti! Jacqueline e Adèl, finalmente riunite, si abbracciarono con forza, commosse.

Anche Jo riapparve... ma nessuno poteva vederlo, nemmeno George.

Correva come un matto, abbaiando felice in mezzo all'erba, inseguendo le ultime farfalle colorate e salendo il cielo insieme a loro, lassù, dove la sua mamma e il suo papà lo stavano aspettando.

Thalìa si avvicinò nuovamente a George e gli prese la mano. Lui si voltò e, senza smettere di fissarla negli occhi, le prese anche l'altra e la fece avvicinare a sé.

«Vuoi essere la mia Regina?» le sussurrò, timido.

Thalìa sentì le guance diventare calde come un fuoco scoppiettante ed ebbe la sensazione di perdere aria, fiato e voce.

«Sì», rispose, senza nemmeno sapere come.

George le si avvicinò e le pose sulle labbra un dolcissimo bacio.

L'orchestra riprese a suonare vivace e, tutt'intorno, la gente esplose in grida di giubilo e applausi scroscianti.

EPILOGO

Le campane di Iontach suonavano briose.

Era una giornata di festa. La gente rideva e parlottava felice per le strade, e i bambini si divertivano a correre senza meta da una parte all'altra, solo per il gusto di farlo.

Picchi, la sua dolce metà Picchia e il loro unico passerotto, Picchino, partirono dal Campanile dove vivevano, attraversarono il paese, le campagne, i prati fioriti e, infine, raggiunsero il castello.

Entrando in picchiata dentro il portone aperto, salirono veloci le scale e si fermarono, svolazzando, davanti a una teca trasparente e luminosa.

All'interno, c'era il carillon di Thalìa.

Adesso, però, non c'era più solo una ragazzina che le somigliava: c'era una giovane regina vestita da sposa, che danzava radiosa insieme al suo giovane re sposo. Sopra le loro teste svolazzavano due passerotti adulti mentre, di fianco, c'era una coppia di bambini gemelli di circa tre anni, impegnati a dar da mangiare dei semi a un passerotto molto piccolo.

Erano un maschietto dai riccioli neri e una bimba biondissima.

«Chichì, Chichì!»

«Eccoci Chichì!»

Sentite le vocine dei gemelli, Picchi e la sua famigliola si accomodarono in attesa su un bellissimo cuscino di broccato.

Pochi istanti dopo, come due piccoli tornadi, Noah e Maryrose si catapultarono a sfamarli, correndo e tenendo tanti semini in mano che cadevano per ogni dove.

Thalìa e George li seguivano, e si accorsero che la loro attenzione era già stata catturata da qualcos'altro.

«Mamma, papà... un paiaccio!» esclamarono in coro i due fratellini, colmi di meraviglia. George si girò incredulo e, il suo cuore, ebbe un fremito. Seduto in un angolo del salone, colorato e sorridente come lo ricordava, c'era Ciùciù... Il suo compagno di avventure nelle ore più spensierate dell'infanzia e più cupe dell'adolescenza era tornato!

... E i suoi figli lo avevano già afferrato e si rincorrevano, facendo a gara per chi dovesse tenerlo. George li raggiunse e, con tenerezza, prese Ciùciù dalle mani di Noah, che lo guardava stupito insieme alla sorellina.

Lo sguardo del loro papà era diverso dal solito: sembrava velato.

Lo stomaco contratto dolorosamente, si sentiva strano, George, in quel momento.

Ricordava il sorriso luminoso di sua madre, il giorno in cui gli aveva regalato quel piccolo e colorato pupazzo; gli abbracci consolatori che solo da lui aveva potuto ricevere, durante i lunghi giorni trascorsi da solo nel castello; le notti infinite, passate a dormire stretto a lui, mentre i cani riposavano sulla spiaggia; le lacrime che gli aveva versato sopra...

Quanto lo aveva cercato! Ma, per quanti sforzi avesse fatto, non era più riuscito a trovare in alcun modo l'ingresso della spiaggia.

Scosso, lo strinse forte a sé.

«Grazie...» gli sussurrò in un orecchio. «Grazie di tutto.»

Thalìa, avvedendosi del turbamento del marito, si rivolse ai piccoli.

«Bambini, fate piano. È delicato!» disse loro. «È molto importante questo pupazzo per il vostro papà.»

«È vero» affermò lui. «Se lo trattate bene ve lo dò, se no...»

«No no, papà, lo tratamo beniscimo, pomescio!» risposero loro, senza permettergli di proseguire.

George lo porse a Maryrose, che guardava Ciùciù con gli occhi sgranati dalla meraviglia. «Andate pure a giocare, ma ricordatevi di quello che vi abbiamo detto» si raccomandò Thalìa.

I piccoli annuirono, presero ognuno una manina di Ciùciù e, di corsa, scomparvero verso la sala dei giochi. Thalìa, prima di seguirli, abbracciò forte George, e rimasero così per un poco, stretti l'uno all'altra. «Va tutto bene?» gli chiese. George sprofondò il capo nei capelli profumati di lei. «Sì, adesso sì.»

_ FINE _

RINGRAZIAMENTI

Questa è la prima storia che ho ideato in assoluto.

Avevo 5 anni, ero seduta al tavolo della cucina dei nonni e guardavo mia nonna in piedi al lavello, intenta a lavare la frutta e la verdura dell'orto.

Era bella mia nonna, con i boccoli neri, due luminosi occhi scuri, un caldo sorriso splendente... e mi voleva tanto, tanto bene.

Da piccina, non so perché, ma avevo sempre paura di perdere chi amavo e, forse proprio per questo motivo, mentre la guardavo, mi è venuta in mente la storia di George.

Come potrei, quindi, non iniziare ringraziando lei, che mi manca ogni giorno in un modo che mai avrei pensato?

Grazie, Nonna Rosa, non solo per esserti emozionata nel leggerla quando l'avevo appena scritta, ma anche per avermi sempre incoraggiata ... Vorrei che fossi qui, insieme al Nonno Luigetto, e che poteste leggere lo sviluppo di questa fiaba antica. Ma, forse, da lassù lo avete già fatto....

Un grazie di cuore va alla mia Mamma. L'ha letta quando ero piccina, insieme alla Nonna e al Nonno; si è sorpresa e commossa allora, e l'ha letta con grande emozione e calore oggi.

Il tuo entusiasmo, la tua curiosità e le tue reazioni mi hanno riscaldata e ispirata a ogni capitolo.

La RCP è la "mia" casa editrice, un luogo che per me è famiglia.

Ci tengo a ringraziare davvero di cuore tutta la squadra che mi ha seguito e, in particolar modo, Roberto Calvo, fondatore e CEO di questa splendida realtà.

Questo libro è il frutto del nostro primo lavoro insieme... ed è così prezioso per me!

Grazie per la tua visione ampia e immaginifica, grazie per la fiducia che riponi in me e nelle mie storie!

Infine, miei preziosi lettori, un grazie sentito va a tutti voi che avete letto il mio libro.

Spero di essere riuscita a condurvi per mano nell'esplorazione di questo nuovo mondo, che vi siate emozionati, divertiti, indignati, e che abbiate pianto e riso per tutto il tempo della storia!

Vi mando un caro abbraccio,

Len.

P.S. Se volete scrivermi, rimanere in contatto con me ed essere sempre aggiornati sulle novità, seguitemi su Instagram e Facebook al mio username @eleanorlianofficial

Vi aspetto!!!

NOTE SULL'AUTORE

Eleanor Lian, pseudonimo di Eleonora Baliani, nasce a Genova nel 1980.

Fin da bambina ama divorare e inventare storie che poi si diverte a mettere in scena davanti allo specchio. *"Voglio un lavoro che mi permetta di sognare e raccontare sogni per tutta la vita"*, pensa. È così che, continuando a scrivere storie che non le piacciono e che quindi appallottola e butta nel cestino, all'età di dodici anni inizia a studiare recitazione innamorandosene! Perseguendo i suoi obiettivi, si laurea con lode in Scienze dello Spettacolo e studia all'Accademia Achille Togliani conseguendo il diploma di attrice e l'abilitazione all'insegnamento di materie artistiche. Negli anni le sue giornate diventano sempre più piene e fantasiose, immerse tra le creazioni di nuovi mondi letterari, sceneggiature per il cinema, copioni teatrali e ruoli da interpretare. Con "Il Pagliaccio e il Castello di Ghiaccio" è alla sua terza pubblicazione, la prima internazionale.